AF204886

Tucholsky Wagner Zola Scott Sydow Freud Schlegel
Turgenev Wallace Fonatne Freud Schlegel
Twain Walther von der Vogelweide Fouqué Friedrich II. von Preußen
Weber Freiligrath Frey
Fechner Fichte Weiße Rose von Fallersleben Kant Ernst Richthofen Frommel
Hölderlin
Engels Fielding Eichendorff Tacitus Dumas
Fehrs Faber Flaubert
Feuerbach Maximilian I. von Habsburg Fock Eliasberg Zweig Ebner Eschenbach
Ewald Eliot Vergil
Goethe London
Mendelssohn Balzac Shakespeare Elisabeth von Österreich
Trackl Lichtenberg Rathenau Dostojewski Ganghofer
Mommsen Stevenson Doyle Gjellerup
Thoma Tolstoi Lenz Hambruch Droste-Hülshoff
Dach Verne von Arnim Hägele Hanrieder
Reuter Rousseau Hagen Hauff Humboldt
Karrillon Garschin Hauptmann Gautier
Defoe Baudelaire
Damaschke Hebbel
Descartes
Hegel Kussmaul Herder
Wolfram von Eschenbach Dickens Schopenhauer
Bronner Darwin Melville Grimm Jerome Rilke George
Campe Horváth Aristoteles Bebel Proust
Bismarck Vigny Voltaire Federer Herodot
Gengenbach Barlach Heine
Storm Casanova Tersteegen Gilm Grillparzer Georgy
Chamberlain Lessing Langbein Gryphius
Brentano Lafontaine
Strachwitz Claudius Schiller Kralik Iffland Sokrates
Katharina II. von Rußland Bellamy Schilling
Gerstäcker Raabe Gibbon Tschechow
Löns Hesse Hoffmann Gogol Wilde Gleim Vulpius
Luther Heym Hofmannsthal Klee Hölty Morgenstern Goedicke
Roth Heyse Klopstock Kleist
Luxemburg Puschkin Homer Mörike Musil
Machiavelli La Roche Horaz
Kierkegaard Kraft Kraus
Navarra Aurel Musset Lamprecht Kind Moltke
Nestroy Marie de France Kirchhoff Hugo
Laotse Ipsen Liebknecht
Nietzsche Nansen
Marx Lassalle Gorki Klett Ringelnatz
von Ossietzky May Leibniz
vom Stein Lawrence Irving
Petalozzi Platon Knigge
Sachs Pückler Michelangelo Kafka
Poe Kock
Liebermann Korolenko
de Sade Praetorius Mistral Zetkin

Der Diamant

Honoré de Balzac

Impressum

Autor: Honoré de Balzac
Übersetzung: Emmi Hirschberg
Umschlagkonzept: toepferschumann, Berlin

Verlag: tredition GmbH, Hamburg
ISBN: 978-3-8424-6956-3
Printed in Germany

Text der Originalausgabe

Honoré de Balzac

Der Diamant

Le Diamant (La Paix du Ménage), deutsch von Emmi Hirschberg

Die Begebenheit, die in den folgenden Blättern dargestellt werden soll, trug sich gegen Ende November des Jahres 1809 zu, in der Zeit, als Napoleons flüchtige Herrschaft den höchsten Gipfel ihres Glanzes erreicht hatte. Die Fanfaren des Sieges von Wagram hallten noch im Herzen der österreichischen Monarchie wider. Der Friede zwischen Frankreich und der Koalition war unterzeichnet. Die Könige und Fürsten kamen herbei, um, gleich Gestirnen, ihre Bahn um Napoleon zu beschreiben, der sich seinerseits ein Vergnügen daraus machte, ganz Europa in seinem Gefolge hinter sich herzuziehen, ein glänzendes Vorspiel zu dem Gepränge, das er später in Dresden entfaltete.

Nie hat Paris, nach Aussage der Zeitgenossen, schönere Feste gesehen, als es diejenigen waren, die der Heirat des Herrschers mit der Erzherzogin aus dem Hause Österreich vorangingen und folgten. Nie hatten sich in den größten Tagen der ehemaligen Monarchie so viele gekrönte Häupter an den Ufern der Seine zusammengedrängt, und nie war der französische Adel so reich und so glänzend gewesen wie damals. Die Diamanten, im Überfluß an jedem Schmuckstück angebracht, die Gold- und Silberstickereien der Uniformen stachen so sehr von der Dürftigkeit der Republik ab, daß man glaubte, auf einmal die Reichtümer des ganzen Erdballs in den Salons von Paris zu erblicken. Eine allgemeine Trunkenheit hatte dieses kurzlebige Kaiserreich ergriffen. Alle Militärs, ihr oberster Herr nicht ausgeschlossen, genossen als Emporkömmlinge die Schätze, die eine Million Soldaten erobert hatte, deren Ansprüche mit einigen Ellen roten Bandes leicht befriedigt wurden. In dieser Zeit trugen die meisten Frauen jene Leichtfertigkeit der Sitten und jene Laxheit in der Moral zur Schau, die die Regierung Ludwigs XV. gekennzeichnet hatten. Sei es nun, um den Ton des verflossenen Königreiches nachzuahmen; sei es, weil gewisse Mitglieder der kaiserlichen Familie das Beispiel dazu gaben, – wie die Frondeurs aus dem Faubourg Saint-Germain es behaupten. – Tatsache ist, daß sich alle Männer und alle Frauen mit einer Kühnheit in die Vergnügungen stürzten, die das Ende der Welt zu verkünden schien. Doch noch einen anderen Grund gab es für diese Ungebundenheit. Die Vorliebe der Frauen für das Militär wurde wie zu einer Raserei und entsprach den Wünschen Napoleons nur zu sehr, als daß er ihr Einhalt geboten hätte. Das häufige Zu-den-Waffen-greifen, wodurch alle Verträge zwischen Europa und Napoleon nur mehr zu Waffenstillständen wurden, zwangen auch die Leidenschaften zu Lösungen, die ebenso plötzlich waren, wie die Entschlüsse des obersten Herrn all dieser Pelzmützen, Wamse und Achselschnüre, die dem schönen Geschlecht so sehr gefielen. Die Herren waren also damals ebenso nomadisch wie die Regimenter. Zwischen dem ersten und dem fünften Bulletin der großen Armee konnte eine Frau nacheinander Geliebte, Gattin, Mutter und Witwe sein. War es die Aussicht auf eine nahe Witwenschaft, auf eine Rente, oder war es die Hoffnung, einen Namen zu tragen, den die Geschichte einst verewigen sollte, was das Militär so begehrenswert machte? Fühlten sich die Frauen zu ihm hingezogen durch die Gewißheit, daß das Geheimnis ihrer Leidenschaft auf den Schlachtfeldern begraben würde, oder muß man die Ursache dieses süßen Fanatismus in dem Reiz suchen, den der Mut für sie besaß? Vielleicht trugen all diese Ursachen, auf die ein künftiger Sittenschilderer des Kaiserreiches gewiß näher eingehen wird, gemeinsam dazu bei, daß die Frauen sich mit so leichter Bereitwilligkeit der Liebe hingaben. Was es auch gewesen sein mag, das eine müssen wir zugeben: die Lorbeeren deckten damals manche Sünden zu, die Frauen bemühten sich voller Eifer um jene kühnen Abenteurer, die ihnen wahre Quellen der Ehre, des Reichtums oder des Vergnügens schienen, und in den Augen der jungen Mädchen bedeutete eine Achselklappe – diese Hieroglyphe der Zukunft – Glück und Freiheit. Ein Zug dieser Epoche, der sehr bezeichnend für sie ist und in unseren Annalen einzig dasteht, war eine ungehemmte Leidenschaft für alles Glänzende. Nie wurde so viel Feuerwerk veranstaltet, nie besaß der Diamant einen so hohen Wert. Die Männer waren nach diesen weißen Kieselsteinen ebenso lüstern wie die Frauen. Vielleicht hatte die Notwendigkeit, die Kriegsbeute in der am leichtesten zu transportierenden Form mitzunehmen, die Edelsteine bei der Armee so zu Ehren gebracht. Ein Mann wirkte damals nicht – wie es heute der Fall wäre – lächerlich, wenn er auf seinem Jabot oder auf seinen Fingern große Diamanten trug. Murat, dieser Südländer, gab dem modernen Militär das Beispiel eines unsinnigen Luxus! – Der Graf von Gondreville – er hatte sich vorher »Bürger Malin« genannt – ein Lucullus jenes konstituierenden Senats, der nichts konstituierte, hatte mit seinem

Feste zu Ehren des Friedens nur deshalb so lange gewartet, um desto besser Napoleon den Hof machen zu können, indem er all die Schmeichler, die ihm zuvorgekommen waren, in den Schatten stellte. Die Gesandten aller befreundeten Mächte Frankreichs, die wichtigsten Persönlichkeiten des Kaiserreiches, selbst einige Fürsten waren in diesem Augenblick in den Salons des reichen Senators versammelt. Der Tanz war noch nicht recht im Gange, alles wartete auf den Kaiser, dessen Anwesenheit der Graf versprochen hatte. Napoleon hätte auch sein Wort gehalten, wenn nicht gerade an jenem Abend der Auftritt zwischen ihm und Josephine stattgefunden hätte, der die baldige Scheidung dieses hohen Paares nach sich zog. – Die Nachricht von diesem Ereignis, das damals sehr geheim gehalten wurde (das die Geschichte aber verzeichnet hat), war noch nicht bis zu den Ohren der Höflinge gelangt, es wirkte nur durch die Abwesenheit Napoleons auf die Heiterkeit des Festes beim Grafen von Gondreville. Die schönsten Frauen von Paris, die sich darum bemüht hatten, diesem Feste beiwohnen zu können, wetteiferten in diesem Augenblick an Luxus, Koketterie, Schmuck und Schönheit miteinander. Die haute finance, stolz auf ihre Reichtümer, forderte die glänzenden Generäle und hohen Offiziere des Kaiserreichs, die eben erst mit Orden, Titeln und Auszeichnungen überschüttet worden waren, förmlich heraus. Diese großen Bälle waren für die reichen Familien stets die Gelegenheit, um den Prätorianern Napoleons ihre Erbinnen vorzuführen, in der wahnwitzigen Hoffnung, ihre glänzende Mitgift gegen eine ungewisse Gunst einzutauschen. Die Frauen, die sich allein durch ihre Schönheit stark glaubten, erprobten deren Macht. Dort, wie anderswo auch, war das Vergnügen nur eine Maske. Hinter heiteren und lachenden Gesichtern, hinter ruhigen Stirnen verbarg sich abscheuliche Berechnung; Freundschaftsbezeugungen logen, und mehr als einer mißtraute weniger seinen Feinden als seinen Freunden! – Diese Betrachtungen mußten notwendigerweise vorausgeschickt werden, um die verwickelte Begebenheit, von der auf den folgenden Seiten gesprochen werden soll, zu erklären, sowie auch die freilich noch sehr gemilderte Schilderung des Umgangstones, wie er damals in den Salons von Paris herrschte.

»Wenden Sie Ihr Auge einmal jener zerbrochenen Säule zu, auf der ein Kandelaber steht, sehen Sie da eine junge Frau mit einer

chinesischen Frisur, dort in der Ecke links? Sie hat blaue Glocken-
blumen in das Büschel kastanienbrauner Haare, das in Locken her-
abfällt, gesteckt. Sehen Sie nicht? Sie ist so blaß, daß man sie für
krank halten möchte; sie ist sehr klein und ganz allerliebst.

Jetzt wendet sie uns den Kopf zu; ihre blauen, mandelförmigen
und entzückend sanften Augen scheinen wie zum Weinen geschaf-
fen zu sein. Aber sehen Sie nur, sie bückt sich, um Frau von Vaudremont durch dieses Labyrinth von auf- und abwogenden Köpfen,
deren hohe Frisuren ihr den Durchblick erschweren, zu erspähen.«

»Ah, jetzt sehe ich sie, mein Lieber! Du hättest sie mir nur als die
bleicheste aller hier anwesenden Frauen bezeichnen sollen, dann
hätte ich sie gleich erkannt; sie ist mir schon aufgefallen; sie hat den
schönsten Teint, den ich je bewundert habe. Von hier aus wirst du
wohl auf ihrem Hals die Perlen kaum erkennen können, die die
Saphire ihres Halsbandes voneinander trennen. Sie muß entweder
sehr tugendhaft sein oder sehr kokett, denn kaum gestatten die
Rüschen ihres Mieders, daß man die Schönheit ihres Körpers ahnt.
Welche Schultern! Wie lilienweiß!«

»Wer ist sie?« fragte derjenige, der zuerst gesprochen hatte.

»Ich weiß es nicht.«

»Aristokrat! Sie wollen wohl alle für sich behalten, Montcornet?«

»Es steht dir gut, mich zu verspotten!« erwiderte Montcornet lächelnd. »Glaubst du das Recht zu haben, einen armen General wie
mich zu verspotten, weil du als glücklicher Nebenbuhler von Soulanges dich nicht einmal herumdrehen kannst, ohne Frau von
Vaudremont in Aufregung zu versetzen? Oder aber, weil ich erst
vor einem Monat in dies gelobte Land gekommen bin? Ihr seid
unverschämt, ihr Verwaltungsbeamte, die ihr auf euren Stühlen
sitzt, während wir im Granatfeuer stehen! Geh, mein Herr Finanzsekretär, laßt uns die Ähren auf dem Felde auflesen, dessen unsicherer Besitz euch erst dann bleibt, wenn wir es geräumt haben.
Zum Teufel auch, ein jeder muß leben! Würdest du die deutschen
Frauen kennen, ich glaube, du würdest ein gutes Wort für mich
einlegen bei der Pariserin, die du liebst.« »General, da Sie diese
Frau, die ich hier zum erstenmal erblicke, schon den ganzen Abend
zu beobachten scheinen, so haben Sie, bitte, die Güte mir zu sagen,

ob Sie sie schon haben tanzen sehen.« »Oh, mein lieber Martial, wo kommst du her? Wenn man dich mit einer diplomatischen Mission betraute, ich prophezeite dir keinen Erfolg! Siehst du denn nicht drei Reihen der unerschrockensten Pariser Koketten zwischen ihr und dem Schwarm von Tänzern, der unter dem Kronleuchter herumsummt, und mußtest du nicht erst dein Lorgnon zu Hilfe nehmen, um sie überhaupt in der Ecke bei jener Säule zu entdecken, wo sie, trotz der Lichter, die über ihrem Haupte erstrahlen, wie im Dunkel begraben zu sein scheint? Zwischen ihr und uns blitzen so viele Diamanten und so viele Blicke, wehen so viele Federn, wogen so viele Spitzen, Blumen und Besätze, daß es ein wahres Wunder wäre, wenn ein Tänzer sie inmitten dieser Gestirne bemerken würde. Wie, Martial, erkennst du in ihr nicht die Frau irgendeines Unterpräfekten aus den Departements von Lippe oder Dyle, die hier versucht, ihren Gatten zum Präfekten zu machen?«

»Das soll er werden!« sagte der Finanzsekretär lebhaft.

»Das bezweifle ich noch,« erwiderte der Kürassierobrist lächelnd. »Sie scheint mir in der Intrige ein ebensolcher Neuling zu sein wie du in der Diplomatie. Ich wette, Martial, du weißt nicht einmal, wie sie dort hinten hingekommen ist.«

Der junge Sekretär betrachtete den Gardeobristen mit einer Miene, die sowohl Verachtung als auch Neugier verriet.

»Nun,« fuhr Montcornet fort, »sie ist sicherlich pünktlich um 9 Uhr gekommen, als erste vielleicht und wird die Gräfin von Gondreville, die nicht zwei Gedanken aneinanderreihen kann, in die größte Verlegenheit versetzt haben. Von der Dame des Hauses links liegen gelassen, von jeder neu Angekommenen von einem Stuhl zum andern bis in das Dunkel jener Ecke rückwärts gedrängt, wird sie sich dort haben einschließen lassen, ein Opfer der Eifersucht dieser Damen, die nichts sehnlicher wünschen, als dieses ihnen gefährliche Gesicht auf solche Art unschädlich zu machen. Sie wird keinen Freund gehabt haben, der ihr Mut gemacht hätte, den Platz zu verteidigen, den sie anfangs eingenommen haben muß, und jede dieser perfiden Tänzerinnen wird den Herren ihrer Bekanntschaft unter Androhung der fürchterlichsten Strafen den Befehl gegeben haben, unsere arme Freundin nicht aufzufordern. So haben sich diese harmlos und unbefangen erscheinenden Gesichter gegen die

Unbekannte verbündet; und dabei mag keine von diesen Frauen dort unten etwas anderes gesagt haben, als nur: ›Kennen Sie diese kleine blaue Dame?‹ Höre, Martial, willst du in einer Viertelstunde mehr verführerische Blicke auf dich lenken und von mehr herausfordernden Fragen überschüttet werden, als dir in deinem ganzen Leben vielleicht je zuteil geworden, so versuche, den dreifachen Wall, der die Königin von Dyle, Lippe oder Charente verteidigt, zu durchdringen. Du wirst sehen, wie die dümmste dieser Frauen sogleich eine List erfindet, die den entschlossensten Mann verhindert, unsere bedauernswerte Unbekannte ans Licht zu ziehen. – Findest du nicht, daß sie etwas elegisch aussieht?«

»Glauben Sie, Montcornet? So wäre sie also eine verheiratete Frau?«

»Warum sollte sie nicht auch Witwe sein?«

»Dann wäre sie herausfordernder,« meinte der Finanzsekretär lachend.

»Vielleicht ist sie eine jener Witwen, deren Gatten beim Hazardspiel sitzen,« entgegnete der schöne Kürassier.

»Seit dem Frieden gibt es tatsächlich viele solcher Witwen,« erwiderte Martial. »Aber, mein lieber Montcornet, was sind wir doch für zwei Einfaltspinsel! Dieses Haupt drückt noch zu viel Unbefangenheit aus, es liegt noch zu viel Jugend und Herbheit auf dieser Stirn und um diese Schläfen, als daß es eine verheiratete Frau sein könnte. Welch ein gesunder Teint! Nichts ist welk an den Linien um die Nase. Die Lippen, das Kinn, alles an diesem Gesicht ist frisch wie die Knospe einer weißen Rose, wenn auch das Antlitz von dem Schleier der Traurigkeit wie verhangen ist. Was mag dieses junge Geschöpf zum Weinen bringen?«

»Die Frauen weinen um so geringer Ursachen willen,« sagte der General.

»Ich weiß nicht,« begann Martial wieder, »aber sie weint gewiß nicht, weil man sie nicht zum Tanz auffordert; ihr Kummer stammt nicht von heute.

Man sieht, daß sie sich aus Vorbedacht für heute abend so schön gemacht hat. Ich möchte wetten, sie liebt schon.«

»Bah, vielleicht ist sie die Tochter irgendeines deutschen Duodez-
fürsten; keiner spricht mit ihr«, sagte Montcornet.

»Wie unglücklich ist ein armes Mädchen dran,« nahm Martial
wieder das Wort. »Besitzt jemand mehr Anmut und Feinheit, als
unsere kleine Unbekannte? Und keine von diesen Megären, die um
sie herumstehen und sich für zartfühlend halten, richtet ein Wort an
sie. Wenn sie sprechen würde, könnten wir sehen, ob sie schöne
Zähne hat.«

»Sieh an, du kochst ja über, wie Milch bei der geringsten Tempe-
ratursteigerung!« rief der Obrist aus, ein wenig gekränkt, in seinem
Freunde so prompt einem Nebenbuhler zu begegnen.

»Wie!« sagte der junge Sekretär, ohne die Worte des Generals zu
bemerken und sein Lorgnon auf alle Personen richtend, die um sie
herum tanzten, »wie! kein Mensch hier sollte uns den Namen dieser
exotischen Pflanze nennen können?«

»Ach, sie wird irgendeine Gesellschaftsdame sein,« sagte Montcornet.

»So, eine Gesellschaftsdame, mit Saphiren geschmückt, die einer
Königin würdig sind, und in einem Kleid aus echten Spitzen? Das
machen Sie andern weis, General! Sie werden auch nicht sehr groß
in der Diplomatie sein, wenn Sie in Ihren Mutmaßungen in einer
Minute von der deutschen Prinzessin zur Gesellschaftsdame über-
gehen!« Der General Montcornet hielt einen kleinen dicken Herrn
am Arm fest, dessen graue Haare und kluge Augen man an allen
Türecken erblickte, und der sich ohne Umstände in die verschiedenen Gruppen mischte, wo er überall ehrerbietig aufgenommen
wurde.

»Gondreville, lieber Freund,« sprach ihn Montcornet an, »wer ist
die entzückende kleine Frau, die da unter dem riesigen Kandelaber
sitzt?«

»Der Kandelaber? Ravario, mein Lieber, Isabey hat die Zeichnung
dazu gemacht.«

»Oh, ich habe deinen Geschmack und deinen Kunstsinn an dem
Stück schon bewundert, aber die junge Frau darunter?«

»Die kenne ich nicht. Sie ist sicherlich eine Freundin meiner Frau.«

»Oder deine Geliebte, alter Spitzbube!«

»Nein, auf mein Ehrenwort. Die Gräfin von Gondreville ist die einzige Frau, die es fertig bringt, Leute einzuladen, die niemand kennt.«

Trotz dieser bitteren Bemerkung hatte der dicke kleine Herr ein Lächeln auf den Lippen, das die Vermutung des Kürassierobristen hervorgerufen hatte. – Dieser traf in einer benachbarten Gruppe wieder mit Martial zusammen, der dort seinerseits vergeblich versucht hatte, näheres über die Unbekannte zu erfahren. Er nahm ihn beim Arm und flüsterte ihm ins Ohr:

»Nimm dich in acht, mein lieber Martial. Frau von Vaudremont beobachtet dich seit einigen Minuten mit verzweifelter Aufmerksamkeit. Sie ist eine Frau, die schon aus der Bewegung deiner Lippen errät, was du zu mir sagst. Unsere Augen blicken schon zu vielsagend; sie hat sehr wohl die Richtung derselben bemerkt und verfolgt, und ich glaube, sie ist im Augenblick noch viel mehr mit der kleinen blauen Dame beschäftigt als wir.«

»Eine alte Kriegslist, mein lieber Montcornet. Was geht mich das übrigens an? Ich bin wie der Kaiser: wenn ich Eroberungen mache, dann halte ich sie auch fest!«

»Martial, deine Eitelkeit verlangt eine Lehre! Wie, du Wicht, du hast das Glück, der zukünftige Gatte von Frau von Vaudremont zu sein, einer Witwe von 22 Jahren, mit einer Rente von 4000 Napoleons ausgestattet, einer Frau, die dir Diamanten an die Finger steckt, welche so schön sind, wie dieser hier,« fügte er hinzu, indem er die linke Hand des Finanzsekretärs ergriff, der sie ihm bereitwillig überließ, »und du willst noch den ›Lovelace‹ spielen, als wenn du Obrist wärest und verpflichtet, den militärischen Ruf in der Garnison aufrecht zu erhalten. Pfui! denke doch an alles, was du verlieren kannst.«

»Wenigstens meine Freiheit werde ich nicht verlieren,« erwiderte Martial, gezwungen lachend. Er warf Frau von Vaudremont einen leidenschaftlichen Blick zu, auf den sie nur mit einem ängstlichen Lächeln antwortete, denn sie hatte bemerkt, wie der Obrist den

Ring des Sekretärs betrachtete. »Höre, Martial,« nahm der Obrist wieder das Wort, »wenn du um meine junge Unbekannte herumflatterst, werde ich mich an die Eroberung von Frau von Vaudremont machen.«

»Das sei Ihnen gestattet, lieber Kürassier, aber Sie werden nicht so viel erreichen,« sagte der junge Finanzsekretär, indem er den wohlgepflegten Nagel seines Daumens unter einen seiner oberen Vorderzähne legte, von wo er ihn mit einem lustigen Geräusch fortschnellte.

»Bedenke, daß ich Junggeselle bin,« sagte der Obrist, »daß der Säbel mein ganzer Reichtum ist und daß mich so herausfordern bedeutet, Tantalus vor ein Festmahl setzen, das er verschlingen wird!«

»Brrrr!«

Diese spöttische Anhäufung von Konsonanten diente als Antwort auf die Herausforderung des Generals, den sein Freund vergnüglich von oben bis unten maß, ehe er ihn verließ.

Der Mode jener Zeit entsprechend mußte ein Mann auf einem Ball ein paar Kniehosen aus weißem Kaschmir tragen und seidene Strümpfe. Dieser hübsche Anzug ließ die vollendeten Formen Montcornets gut zur Geltung kommen. Er war damals 35 Jahre alt und zog alle Blicke durch die hohe Gestalt auf sich, wie sie ein Kürassier der kaiserlichen Garde haben mußte. Seine stattliche Erscheinung, die, trotz einer gewissen Fülle, die er vom Reiten bekommen hatte, noch recht jugendlich wirkte, wurde durch die schöne Uniform noch gehoben. Der schwarze Schnurrbart erhöhte den offenen Ausdruck seines echt militärischen Gesichts, dessen Stirn breit und offen, dessen Nase gebogen und dessen Mund üppig rot war. Montcornets Auftreten – Ausdruck einer gewissen Vornehmheit, die er seiner Gewohnheit: Befehle zu erteilen, verdankte – konnte einer Frau wohl gefallen, wenn sie nur klug genug war, keinen Sklaven aus ihrem künftigen Gatten machen zu wollen. – Der Obrist lächelte, als er den Finanzsekretär betrachtete, einen seiner besten Schulkameraden, dessen kleine schlanke Figur ihn zwang, den freundschaftlichen Blick als Antwort auf diesen Spott etwas nach unten zu richten. Der Baron Martial de la Roche-Hugon war ein junger Provenzale, den Napoleon protegierte und der zu irgendeinem glänzenden Gesandtschaftsposten ausersehen schien. Er hatte es dem Kaiser durch seine italienische Liebenswürdigkeit angetan, durch seine Begabung für Intrigen, durch die gesellschaftliche Beredsamkeit und gewandtes Auftreten, das so leicht als Ersatz genommen wird für die bedeutenden Gaben eines soliden Mannes. Obgleich lebhaft und jung, besaß sein Gesicht doch jenen unbeweglichen Ausdruck, der einer der unerläßlichen Eigenschaften des Diplomaten ist und der es ihm ermöglicht, seine Erregungen zu verbergen, seine Gefühle zu verhüllen, wenn dieser Gleichmut nicht am Ende das Fehlen jeder Erregung und den Mangel jeden Gefühls bedeutet! Das Herz der Diplomaten ist ein unergründliches Rätsel, haben sich doch die drei bedeutendsten Gesandten jener Zeit sowohl durch Ausdauer im Haß als auch durch romantische Neigungen ausgezeichnet. – Martial jedoch gehörte zu der Menschenklasse, die fähig ist, mitten im leidenschaftlichsten Genuß ihre Zukunft zu berechnen; er hatte die Welt schon durchschaut und verbarg seinen Ehrgeiz unter der Selbstzufriedenheit des Glücksritters und seine Talente unter scheinbarer Mittelmäßigkeit, denn er hatte erkannt, wie schnell die Leute vorwärts kamen, die den Meister am wenigsten in den Schatten stellten.

Die beiden Freunde mußten sich trennen und schüttelten einander herzlich die Hand. Die Musik, die den Damen einen neuen Tanz ankündigte, zu dem sie sich aufstellen mußten, vertrieb die beiden Herren von dem Platze, auf dem sie mitten im Salon geplaudert hatten. Diese eilige, zwischen zwei Tänzen stattfindende Unterhaltung wurde vor dem Kamin des großen Salons im Hotel de Gondreville geführt. Die Fragen und Antworten dieses Geplauders wurden, wie es auf Bällen so üblich ist, von jedem der beiden Sprecher dem Nachbarn ins Ohr geflüstert. Doch die Armleuchter und Kerzen auf dem Kamin warfen ihr grelles Licht derart auf die beiden Freunde, daß ihre allzu hell beschienenen Gesichter trotz ihrer diplomatischen Beherrschtheit weder der klugen Gräfin noch der arglosen Unbekannten den nicht mißzuverstehenden Ausdruck ihrer Gefühle verbergen konnten. Dieses Auskundschaften der Gedanken ist für den Unbeteiligten vielleicht ein Vergnügen, das die Gesellschaft ihm bietet. Manch betrogener Dummkopf jedoch muß sich langweilen, ohne daß er wagt, es einzugestehen.

Um die volle Bedeutung dieser Unterhaltung zu begreifen, muß ein Ereignis erzählt werden, das wie mit unsichtbaren Banden die einzelnen Personen dieses kleinen Dramas, die bisher noch im Salon verstreut waren, miteinander verbinden sollte. – Ungefähr gegen 11 Uhr abends, in dem Augenblick, als sich die Tänzerinnen auf ihre Plätze begaben, sahen die Gäste des Hotel Gondreville die schönste Frau von Paris hereinkommen, die Königin der Mode, die einzige, die dieser glänzenden Versammlung noch gefehlt hatte. Sie hatte es sich von jeher zum Gesetz gemacht, immer erst in dem Augenblick zu erscheinen, wo ein Salon jene belebte Bewegtheit zeigt, bei der die Frauen nicht mehr lange die Frische ihres Gesichtes und ihrer Toiletten zu bewahren vermögen. Dieser flüchtige Augenblick ist wie der Frühling eines Balles; eine Stunde später, wenn das Vergnügen vorbei ist, wenn die Ermüdung eintritt, ist alles verwelkt. – Frau von Vaudremont beging nie den Fehler, so lange auf einem Fest zu bleiben, bis ihre Blumen welk, ihre Locken unordentlich, ihre Besätze zerknittert waren, bis ihr Gesicht ebenso übermüdet aussah wie die anderen, die, vom Schlaf fast übermannt, sich seiner nicht immer erwehren können. Sie hütete sich wohl, gleich ihren

Rivalinnen, ihre verschlafene Schönheit zu zeigen, sie erhielt den Ruf ihrer Koketterie geschickt dadurch aufrecht, daß sie einen Ball ebenso leuchtend verließ, wie sie ihn betreten hatte. Die Frauen flüsterten sich mit einem Gefühl von Neid zu, daß sie so vielerlei Schmuck anlege, als sie an einem Abend Bälle besuche. Diesmal sollte Frau von Vaudremont jedoch nicht nach eigenem Belieben den Salon verlassen, den sie im Triumph betreten hatte. Einen Augenblick stand sie auf der Schwelle der Tür und warf flüchtige, aber durchdringende Blicke auf die anwesenden Frauen, deren Toiletten sie dabei prüfte, um sich zu überzeugen, daß die ihre alle anderen in den Schatten stellte. Die berühmte Kokette, die von einem der tapfersten Infanterie-Generäle der Garde, einem Günstling des Kaisers, dem Grafen von Soulanges, am Arm geführt wurde, bot sich der Bewunderung der ganzen Versammlung dar. Die vorübergehende und zufällige Verbindung dieser beiden Persönlichkeiten hatte zweifellos etwas Geheimnisvolles. Als Herr von Soulanges und Frau von Vaudremont angekündigt wurden, standen einige Damen, die bisher als Mauerblümchen auf ihren Plätzen gesessen hatten, auf, die Herren kamen aus den anstoßenden Sälen und drängten sich an die Türen des Hauptsaales. Ein Witzbold – wie sie bei einer so zahlreichen Versammlung nie zu fehlen pflegen – sagte, als er die Gräfin und ihren Kavalier hereinkommen sah: die Damen sind ebenso neugierig, einen Mann zu sehen, der seinen Leidenschaften treu bleibt, wie die Männer eine schöne, schwer zu fesselnde Frau.

Obgleich der Graf von Soulanges, ein Mann von ungefähr 32 Jahren, jenes nervöse Temperament besaß, das bei den Männern die großen Fähigkeiten hervorbringt, sprachen seine hagere Gestalt und sein blasser Teint wenig zu seinen Gunsten. Seine schwarzen Augen deuteten auf große Lebhaftigkeit, aber in Gesellschaft war er schweigsam, und nichts ließ ahnen, daß er bei den gesetzgebenden Versammlungen der Restauration als einer der geschicktesten Redner der Rechten glänzen sollte. Die Gräfin von Vaudremont, eine große, etwas üppige Frau mit blendend weißer Hautfarbe, verstand ihren Kopf gut zu tragen und besaß den großen Vorzug, durch die Anmut ihres Auftretens zu bezaubern. Sie gehörte zu jenen Geschöpfen, die alle Versprechungen, die ihre Schönheit macht, erfüllen. Dieses Paar, das für einige Augenblicke der Gegenstand der allgemeinen Aufmerksamkeit wurde, ließ die Neugier sich jedoch nicht lange auf seine Kosten unterhalten. Der Obrist und die Gräfin begriffen anscheinend völlig, daß der Zufall sie in eine peinliche Lage versetzt hatte. Als Martial sie kommen sah, ging er auf die Gruppe von Herren zu, die am Kamin standen, und begann durch ihre Köpfe hindurch, die ihm als Verschanzung dienten, sie mit jener eifersüchtigen Aufmerksamkeit zu beobachten, wie sie das erste Feuer der Leidenschaft eingibt: eine geheime Stimme schien ihm zu sagen, daß der Erfolg, dessen er sich rühmte, vielleicht doch kein ganz sicherer war. Doch das Lächeln kühler Höflichkeit, mit dem die Gräfin Herrn von Soulanges dankte, und die Handbewegung, mit der sie ihn verabschiedete, während sie sich neben Frau von Gondreville setzte, lösten wieder alle Muskeln, die die Eifersucht in seinem Gesicht angespannt hatte. Dann aber erblickte er zwei Schritte von dem Diwan, auf dem Frau von Vaudremont Platz genommen hatte, Soulanges, der den Blick nicht verstanden zu haben schien, mit dem die junge Kokette ihm bedeutete, daß sie beide eine lächerliche Rolle spielten; und wieder zog der provenzalische Feuerkopf die schwarzen Augenbrauen zusammen, die seine blauen Augen beschatteten, strich mit Haltung über die Locken seines braunen Haares und beobachtete, ohne die Erregung, die sein Herz schlagen machte, zu verraten, das Benehmen der Gräfin und des Herrn von Soulanges, während er sich dabei mit seinem Nachbarn unterhielt. Er drückte dem Obristen, der die alte Bekanntschaft mit ihm wieder erneuert hatte, die Hand, hörte ihm jedoch zu, ohne seine Worte zu verstehen, so sehr war er innerlich beschäftigt. Soulanges warf ruhige Blicke auf die vierfache Reihe von Damen, die den riesengroßen Salon des Senators einrahmte, bewunderte ihren Diamanten und Rubinenschmuck, ihre goldenen Gehänge und geputzten Köpfe, deren Glanz das Feuer der Kerzen, das Kristall der Leuchter und die Vergoldungen fast verblassen ließ. – Die unbekümmerte Ruhe seines Nebenbuhlers ließ den Finanzsekretär die Haltung verlieren. Nicht imstande, die geheime Ungeduld, die ihn erfüllte, zu beherrschen, ging Martial auf Frau von Vaudremont zu, um sie zu begrüßen. Als Soulanges den Provenzalen erblickte, warf er ihm einen finsteren Blick zu und wandte dann ungezogen den Kopf zur Seite. Eine tiefe Stille herrschte im Saal, in dem die Neugier ihren Höhepunkt erreicht hatte. Alle diese vorgestreckten Köpfe zeigten die wunderlichsten Mienen; jeder fürchtete und erwartete einen jener Auftritte, die wohlerzogene Leute immer zu vermeiden suchen. – Auf einmal wurde das bleiche Antlitz des Grafen von Soulanges so rot wie seine roten Aufschläge, doch senkte sich sein Blick sogleich zu Boden, um die Ursache seiner Unruhe nicht erraten zu lassen. – Als er jene Unbekannte bescheiden am Fuße des Kandelabers erkannt hatte, ging er mit traurigem Gesicht an dem jungen Sekretär vorbei und flüchtete sich in einen der Spielsäle. Martial und alle Anwesenden glaubten, Soulanges räume ihm offiziell das Feld, aus Furcht vor der lächerlichen Rolle, die verabschiedete Liebhaber immer spielen. Der Finanzsekretär hob stolz den Kopf und blickte auf die Unbekannte; und als er dann neben Frau von Vaudremont Platz genommen hatte, hörte er ihr so zerstreut zu, daß er die Worte, die die Kokette hinter ihrem Fächer zu ihm sprach, gar nicht verstand.

»Martial, Sie täten mir einen Gefallen, wenn Sie heute abend den Ring, den Sie mir entrissen haben, nicht tragen würden. Ich habe meine Gründe dafür, die ich Ihnen auseinandersetzen werde, wenn wir uns zurückziehen ... Sie werden mich zur Fürstin von Wagram begleiten.«

»Warum ließen Sie sich vom Obristen am Arm führen?« fragte der Baron.

»Ich traf ihn in der Vorhalle,« erwiderte sie; »aber verlassen Sie mich jetzt, man beobachtet uns.«

Martial trat wieder zu dem Kürassierobristen. Die kleine, blaue Dame war die gemeinsame Ursache der Unruhe, die den Kürassier, Soulanges, Martial und Frau von Vaudremont so verschieden erregte.

Als die beiden Freunde, deren Unterhaltung mit einer Herausforderung geendigt hatte, sich voneinander trennten, stürzte der Finanzsekretär auf Frau von Vaudremont zu und wußte ihr einen Platz in der glänzendsten Quadrille einzuräumen. Begünstigt durch eine Art Rausch, in den der Tanz jede Frau versetzt, und bei dem die Männer in ihrer eleganten Kleidung nicht weniger anziehend wirken als die Frauen, konnte sich Martial ungehindert dem Reiz hingeben, mit dem die Unbekannte ihn zu sich hinzog. War es ihm auch gelungen, die ersten Blicke, die er auf die Unbekannte warf, den lebhaften Augen der Gräfin zu verheimlichen, so wurde er

doch bald auf frischer Tat ertappt. Und wenn eine erste Zerstreut-
heit noch entschuldbar blieb, so war sein beharrliches Schweigen
auf die verführerischste aller Fragen, die eine Frau einem Mann
stellen kann: »Lieben Sie mich heute abend?« nicht zu rechtfertigen.
Je verträumter er wurde, desto dringlicher und gereizter wurde die
Gräfin. Während Martial tanzte, ging der Obrist von Gruppe zu
Gruppe, um Auskünfte über die junge Unbekannte einzuziehen.
Nachdem er die Liebenswürdigkeit aller Anwesenden erschöpft
hatte, selbst die der Gleichgültigsten, wollte er sich gerade ent-
schließen, einen Augenblick, an dem die Gräfin von Gondreville frei
schien, zu benutzen, um sie selbst nach dem Namen der geheimnis-
vollen Dame zu fragen, als er plötzlich einen leeren Raum zwischen
der zerbrochenen Säule, die den Kandelaber trug, und den daneben
stehenden Sesseln bemerkte. Der Obrist benutzte den Augenblick,
wo der Tanz einen großen Teil der Stühle frei ließ, die, gleich Fes-
tungslinien, von den Müttern und den älteren Damen verteidigt
wurden, und unternahm es, diese mit Schals und Tüchern bedeckte
Schanze zu überschreiten. Er sagte den Matronen Liebenswürdig-
keiten; und von einer Dame zur andern, von einer Höflichkeit zur
andern gelangte er auf den leeren Platz neben der Unbekannten.
Auf die Gefahr hin, an den Greifen, und Fabeltieren des riesigen
Kandelabers anzuhaken, blieb er dort unter dem Glanz und dem
Wachs der Kerzen stehen, zum großen Ärger Martials.

Er war ein zu gewandter Gesellschafter, als daß er die kleine
blaue Dame, die rechts von ihm saß, so unvermittelt angesprochen
hätte; er wandte sich daher zunächst an eine ziemlich Häßliche zu
seiner Linken und begann:

»Ein sehr schöner Ball, nicht wahr, gnädige Frau? Welch ein Luxus, welch eine Bewegung! Auf Ehre, hier gibt es nur hübsche Frau-
en; und wenn Sie, meine Gnädige, nicht tanzen, so hatten Sie sicher
keine Lust dazu?«

Das Anknüpfen dieser abgeschmackten Unterhaltung hatte den
Zweck, seine Nachbarin zur Rechten zum Sprechen zu bringen, die
ihm jedoch – schweigsam und innerlich beschäftigt, wie sie war –
nicht die leiseste Aufmerksamkeit schenkte. Der Offizier hatte noch
eine ganze Reihe von Phrasen bereit, die zum Schluß mit der Frage
endigen sollten: »und Sie, gnädige Frau?«, von der er sich sehr viel

versprach. Aber ein sonderbares Erstaunen ergriff ihn, als er ein paar Tränen in den Augen der Unbekannten erblickte, die ganz von Frau von Vaudremont gefangen genommen schien.

»Gnädige Frau sind gewiß verheiratet?« fragte der Obrist endlich mit unsicherer Stimme.

»Ja, mein Herr,« antwortete die Unbekannte.

»Ihr Herr Gemahl ist sicher auch zugegen?«

»Ja, mein Herr.« »Und warum bleiben Sie an diesem Platz hier, gnädige Frau? Sicherlich aus Koketterie.«

Die Bekümmerte lächelte traurig.

»Gestatten Sie mir, gnädige Frau, daß ich Sie zum nächsten Tanz auffordere; ich werde Sie dann bestimmt nicht wieder hierher zurückführen. Ich sehe neben dem Kamin noch eine leere Ottomane, kommen Sie dorthin. Wo so viele herrschen wollen und die Ausgelassenheit das Zepter führt, sehe ich nicht ein, warum Sie sich weigern sollten, die Königin des Balles zu werden, wozu Ihre Schönheit Ihnen ein Anrecht gibt.«

»Mein Herr, ich tanze nicht.«

Der kurze Ton in den Antworten dieser Frau war so hoffnungslos, daß der Obrist seinen Platz aufgeben mußte. Martial, der die letzte Frage des Obristen und den Korb, den dieser bekam, erraten hatte, lächelte und strich sich über das Kinn, wobei er den Ring, den er am Finger trug, blitzen ließ.

»Worüber lachen Sie?« fragte ihn die Gräfin von Vaudremont.

»Über den Mißerfolg des armen Obristen, er hat einen Metzgergang gemacht.«

»Ich hatte Sie gebeten, Ihren Ring abzuziehen,« unterbrach ihn die Gräfin.

»Das habe ich nicht gehört.«

»Wenn Sie heute abend auch nichts hören, Herr Baron, so scheinen Sie dafür um so mehr zu sehen,« antwortete Frau von Vaudremont etwas verletzt.

In diesem Augenblick sagte die Unbekannte zum Obristen: »Dort ist ein junger Mann, der einen sehr schönen Diamanten trägt.«

»Ja, wundervoll ist der Stein,« antwortete Montcornet. »Der junge Mann ist der Baron Martial de la Roche-Hugon, einer meiner intimsten Freunde.«

»Ich danke Ihnen, daß Sie mir seinen Namen genannt haben,« erwiderte sie; »der Herr scheint sehr liebenswürdig zu sein.«

»Das wohl, aber ein bißchen leichtsinnig.«

»Man könnte fast annehmen, daß er der Gräfin von Vaudremont sehr nahe steht,« fuhr die junge Dame fort und sah den Obristen dabei prüfend an.

»Überaus nahe.«

Der Unbekannte erbleichte.

›So scheint sie diesen Teufel von Martial zu lieben,‹ dachte der General.

»Ich glaubte Frau von Vaudremont seit langem mit dem Grafen von Soulanges liiert,« nahm die junge Frau wieder das Wort, von dem inneren Schmerz, der den Ausdruck ihres Gesichtes ganz verändert hatte, wieder etwas erholt.

»Seit acht Tagen hintergeht ihn die Gräfin,« erwiderte der Obrist. »Doch Sie müssen den armen Soulanges gesehen haben, als er hereinkam; er versucht noch immer, nicht an sein Mißgeschick zu glauben.«

»Ich habe ihn gesehen,« sagte die blaue Dame. Dann fügte sie ein: »Mein Herr, ich danke Ihnen« hinzu, das im Ton einer Verabschiedung gleichkam.

In diesem Augenblick ging der Tanz zu Ende; enttäuscht konnte sich der Obrist nur noch zurückziehen, wobei er sich jedoch wie zum Trost sagte: ›Sie ist verheiratet.‹

»Nun, mutiger Kürassier!« rief der Baron aus und zog den Obristen in eine Fensternische, um von dort die erfrischende Luft der Gärten zu genießen, »wie weit sind Sie?«

»Sie ist verheiratet, mein Lieber.«

»Was tut das?«

»Zum Teufel auch, ich habe Lebensart!« antwortete der Obrist. »Ich halte mich jetzt nur noch an die Frauen, die ich auch heiraten kann. Außerdem hat sie mir erklärt, sie tanze nicht.«

»Obrist, wetten wir Ihren Apfelschimmel gegen 100 Napoleons, daß sie heute abend noch mit mir tanzt?«

»Gut,« sagte der Obrist, und schlug in die Hand des jungen Fanten ein. »Inzwischen will ich Soulanges aufsuchen; vielleicht kennt er diese Dame, die sich für ihn zu interessieren scheint.«

»Mein Lieber, Sie haben schon verloren,« sagte Martial lachend. »Meine Augen sind den ihren begegnet, und auf diese Sprache verstehe ich mich. Sind Sie mir auch nicht böse, lieber Obrist, wenn ich mit ihr tanze, nachdem Sie einen Korb von ihr bekommen haben?«

»Nein, nein, wer zuletzt lacht, lacht am besten Übrigens, Martial, ich bin kein Spielverderber, ich mache dich nur noch darauf aufmerksam, daß sie Diamanten sehr liebt.«

Bei diesen Worten trennten sich die Freunde. Montcornet ging in den Spielsaal, wo er den Grafen von Soulanges an einem Spieltisch sitzen sah. Obgleich zwischen den beiden Militärs nur jene übliche Freundschaft bestand, wie sie gemeinsame Kriegsgefahren und Dienstpflichten mit sich bringen, war der Kürassierobrist doch schmerzlich berührt, den Artillerieobristen, den er als einen klugen Mann kannte, in ein Spiel verwickelt zu sehen, das ihn vollständig ruinieren konnte. Die Goldstücke und Banknoten, die auf dem verhängnisvollen Tuche ausgebreitet waren, bezeugten die Wut des Spieles. Ein Kreis schweigsamer Herren stand um die Spieler am Tische. Wohl ertönten ab und zu Rufe, wie sie das Spiel so mit sich bringt: Passe! Trumpf! Tausend Louis! Gehalten! Aber wenn man die fünf unbeweglichen Personen sah, schien es, als sprächen sie nur mit den Augen.

Als der Obrist, den Soulanges Blässe erschreckte, zu ihm trat, hatte der Graf gerade gewonnen. Der Marschall Graf von Isemberg und der berühmte Bankier Keller standen auf, sie hatten bedeutende Summen verloren. Soulanges wurde noch finsterer, als er die Menge Gold und Papier, ohne sie zu zählen, einsteckte; ein Zug bitterer Verachtung lag auf seinen Lippen, er schien das Glück zu verwünschen, anstatt ihm für seine Gunst zu danken.

»Kopf hoch, Soulanges, Kopf hoch!« sagte der Obrist zu ihm.

Und dann, in der Meinung, ihm einen besonderen Dienst zu erweisen, wenn er ihn vom Spiel fortzog, fügte er hinzu:

»Kommen Sie, ich kann Ihnen eine gute Nachricht bringen, aber unter einer Bedingung!«

»Und die wäre?« fragte Soulanges.

»Mir die Frage, die ich an Sie richten werde, zu beantworten.«

Der Graf von Soulanges erhob sich rasch, tat seinen Gewinn höchst sorglos in ein Taschentuch, mit dem er krampfhaft gespielt hatte und blickte so finster drein, daß keiner der Spieler es wagte zu beanstanden, daß er den Gewinn einsteckte, ohne Revanche zu geben. Die Gesichter schienen sich vielmehr zu erhellen, als dieser düstere und vergrämte Kopf sich nicht mehr in dem Lichtkreis befand, den die Spiellampe auf dem Tische beschrieb.

»Dieses verteufelte Militär versteht sich untereinander, wie Taschendiebe auf einem Jahrmarkt,« sagte leise ein Diplomat aus dem Kreise der Zuschauer und nahm den Platz des Obristen ein. Ein einziges fahles und müdes Gesicht drehte sich nach dem neuen Ankömmling um und warf ihm einen Blick zu, der aufblitzte und wieder erlosch wie das Feuer eines Diamanten.

»Wer Militär sagt, sagt nicht Zivil, Herr Minister!«

»Mein Lieber,« sagte Montcornet zu Soulanges und zog ihn in eine Ecke, »heute früh hat der Kaiser voller Lob von Ihnen gesprochen. Ihre Beförderung zum Marschall ist nicht mehr zweifelhaft.«

»Der Chef mag die Artillerie nicht.«

»Ja, aber er vergöttert den Adel, zu dem auch Sie gehören. Der Chef hat gesagt,« fuhr Montcornet fort, »daß diejenigen, die sich während des Feldzuges in Paris verheiratet haben, nicht als in Ungnade gefallen angesehen werden sollen. Nun?«

Der Graf von Soulanges schien von alledem nichts zu begreifen.

»Und nun hoffe ich auch,« schloß der Obrist, »daß Sie mir sagen werden, ob Sie eine reizende junge Frau kennen, dort am Fuße eines Kandelabers.«

Bei diesen Worten belebten sich die Augen des Grafen; mit unerhörter Heftigkeit ergriff er die Hand des Obristen.

»Mein lieber General!« sagte er zu ihm mit merklich veränderter Stimme, »wenn ein anderer als Sie diese Frage an mich gerichtet hätte, würde ich ihm mit diesem Haufen Gold den Schädel einschlagen! Bitte, lassen Sie mich allein; ich möchte mir heute abend lieber eine Kugel durch den Kopf jagen, als ... Alles, was ich sehe, ist mir verhaßt; ich will auch lieber fortgehen. Diese Freude, diese Musik, diese dummen lachenden Gesichter bringen mich um.«

»Mein armer Freund!« erwiderte Montcornet mit sanfter Stimme und schlug freundschaftlich in Soulanges Hand ein. »Sie sind aufgeregt. Was würden Sie sagen, wenn ich Ihnen mitteilte, daß Martial kaum noch an Frau von Vaudremont denkt, daß er sich vielmehr in jene kleine Dame verliebt hat!«

»Wenn er mit ihr spricht,« rief Soulanges aus, stotternd vor Wut, »dann schlage ich ihn so platt wie seine Brieftasche, und wäre er im Schoße des Kaisers.«

Und wie ohnmächtig fiel der Graf in den Lehnstuhl, zu dem ihn der Obrist geführt hatte. Letzterer zog sich langsam zurück; er merkte, daß Soulanges von zu heftigem Zorn ergriffen war, als daß ihn ein Scherz oder die Bemühungen eines oberflächlichen Freundes hätten beruhigen können. Als Montcornet in den großen Tanzsaal kam, war Frau von Vaudremont die erste, die er erblickte, und er bemerkte auf ihrem sonst so ruhigen Gesicht Spuren einer schlecht verhehlten Aufregung. Ein Sessel neben ihr war frei, und er setzte sich zu ihr.

»Ich wette, es quält Sie etwas!« sagte er.

»Nichts von Belang, General. Ich wäre gern von hier fortgegangen, ich habe versprochen, auf den Ball der Großherzogin von Berg zu kommen und muß vorher noch zur Fürstin von Wagram. Herr de la Roche-Hugon, der dies weiß, vertreibt sich jedoch die Zeit damit, alten Damen den Hof zu machen.«

»Das ist nicht ganz der Grund Ihrer Verstimmung, und ich wette 100 Louis, daß Sie heute abend hierbleiben werden.«

»Unverschämter!«

»So habe ich also recht gehabt?«

»Nun, woran habe ich also gedacht?« erwiderte die Gräfin und schlug dem Obristen mit dem Fächer leicht auf die Finger. »Ich könnte Sie belohnen, wenn Sie es erraten.«

»Darauf gehe ich nicht ein, ich bin zu sehr im Vorteil.«

»Eingebildeter!«

»Sie fürchten, Martial zu den Füßen von ...«

»Von wem?« fragte die Gräfin, indem sie sich überrascht stellte.

»... von jenem Kandelaber zu sehen,« erwiderte der Obrist und zeigte auf die schöne Unbekannte, wobei er die Gräfin mit quälerischer Aufmerksamkeit beobachtete.

»Sie haben es erraten,« gab die Kokette zu und verbarg ihr Gesicht hinter dem Fächer, mit dem sie zu spielen begann. »Die alte Frau von Lansac, die, wie Sie wissen, boshaft wie ein alter Affe ist,« fuhr sie nach kurzem Schweigen fort, »hat mir soeben gesagt, daß es für Herrn de la Roche-Hugon etwas gefährlich wäre, dieser Unbekannten, die heute wie ein Störenfried hier erschienen ist, den Hof zu machen. Ich sähe lieber dem Tod ins Angesicht, als in dies grausam schöne und gespensterhaft bleiche Antlitz. Frau von Lansac,« fügte sie dann mit einem Ausdruck von Verachtung hinzu, »die nur auf Bälle geht, um alles zu beobachten, während sie so tut als schliefe sie, hat mich heftig beunruhigt. Martial wird dieser Streich, den er mir spielt, teuer zu stehen kommen. Da Sie jedoch sein Freund sind, General, so veranlassen Sie ihn bitte, mir nicht so viel Kummer zu bereiten.«

»Ich sprach soeben einen Mann, der sich nichts Geringeres vorgenommen hat, als ihm eine Kugel durch den Kopf zu jagen, wenn er mit jener kleinen Dame spricht. Dieser Mann hält sein Wort. Doch wie ich Martial kenne, wird ihn diese Gefahr nur noch mehr reizen. Zudem haben wir noch gewettet ...«

Hier senkte der Obrist die Stimme.

»Wirklich?« fragte die Gräfin.

»Auf mein Ehrenwort.«

»Dank, General!« sagte Frau von Vaudremont und warf ihm einen Blick voller Koketterie zu.

»Würden Sie mir die Ehre erweisen, mit mir zu tanzen?«

»Ja, aber erst den zweiten Tanz. Während des ersten muß ich herausbekommen, was aus dieser Intrige wird, und wer die kleine blaue Dame ist, sie sieht sehr gescheit aus.«

Der Obrist, der merkte, daß Frau von Vaudremont allein sein wollte, entfernte sich, voller Befriedigung, den Anschlag so gut vorbereitet zu haben.

Auf Festen trifft man immer Damen, die, gleich Frau von Lansac, damit beschäftigt sind, wie alte Seeleute vom Ufer des Meeres aus die jungen Matrosen zu beobachten, wie sie mit den Stürmen fertig werden. In diesem Augenblick konnte Frau von Lansac, die sich für die Personen dieses Dramas zu interessieren schien, leicht den Kampf erraten, dem die Gräfin von Vaudremont zum Opfer gefallen war. Die junge Schöne mochte sich noch so anmutig fächeln, den jungen Leuten, die sie grüßten, noch so liebenswürdig zulächeln und alle Listen anwenden, deren eine Frau sich bedient, wenn sie ihre Erregung verbergen will; diese Matrone, eine der gescheitesten und boshaftesten Herzoginnen, die das 18. Jahrhundert dem 19. hinterlassen hatte, vermochte trotzdem in ihrem Herzen und in ihren Gedanken zu lesen. Die alte Dame verstand die leiseste Bewegung, die die Regungen der Seele verrät. Die kleinste Falte, die jene weiße und reine Stirn furchte, das unmerkliche Zittern der Backenknochen, das Spiel der Augenbrauen, das geringste Erzittern der brennend roten Lippen, waren für die Herzogin wie Buchstaben in einem Buche. Die einstige Kokette saß in ihrem bequemen Lehnstuhl, den ihr Kleid ganz ausfüllte, und unterhielt sich mit einem Diplomaten, der ihren vortrefflich erzählten Anekdoten gern zuhörte, während sie sich selbst in der jungen Kokette bewunderte; sie gefiel ihr, wie sie so gut ihren Schmerz und den Kummer ihres Herzens zu verbergen verstand.

Frau von Vaudremont war in der Tat ebenso unglücklich, wie sie heiter erschien: sie hatte geglaubt, in Martial einen Mann von Fähigkeiten gefunden zu haben, mit deren Hilfe sie ihr Leben durch alle Zauber der Macht verschönen würde. In diesem Augenblick erkannte sie einen Irrtum, der für ihren Ruf ebenso vernichtend war wie für ihre Eigenliebe. Bei ihr, wie bei den andern Frauen dieser Epoche, erhöhte die Plötzlichkeit der Leidenschaft ihre Intensität. Wer oft liebt und schnell, leidet nicht weniger als der, den eine einzige Leidenschaft verzehrt. Die Vorliebe der Gräfin für Martial war freilich erst von kurzer Dauer, aber jeder Chirurg weiß, daß die Amputation eines gesunden Gliedes viel schmerzhafter ist als die eines kranken. Frau von Vaudremonts Neigung für Martial hatte die besten Aussichten gehabt, während ihre vorhergehende Leidenschaft hoffnungslos gewesen war und durch Soulanges Gewissensqualen verbittert wurde. Die alte Herzogin erspähte den rechten Augenblick, um die Gräfin zu sprechen und beeilte sich, ihren Gesandten zu verabschieden; denn angesichts entzweiter Liebender verblaßt jedes andere Interesse, selbst bei einer alten Dame. Sie warf, um den Kampf herauszufordern, einen hämischen Blick auf Frau von Vaudremont, der die junge Kokette befürchten ließ, ihr Schicksal in den Händen der alten Witwe zu sehen. Frauen können einander Blicke zuwerfen wie Feuerbrände im letzten Akt eines Dramas. Man muß diese Herzogin gekannt haben, um das Entsetzen zu verstehen, das der Ausdruck ihres Gesichtes der Gräfin einflößte. Frau von Lansac war groß, ihre Züge besagten, daß sie einmal hübsch gewesen sein mußte. Sie legte so stark auf, daß ihre Runzeln kaum noch zu sehen waren; ihre Augen bekamen dadurch jedoch keinen unnatürlichen Glanz, sondern wurden nur um so matter. Sie trug viele Diamanten und zog sich geschmackvoll genug an, um nicht lächerlich zu wirken. Ihre spitze Nase verriet scharfen Witz. Ein gut gearbeitetes Gebiß erhielt dem Mund einen Zug von Ironie, der an Voltaire erinnerte. Doch milderte die ausgesuchte Höflichkeit ihres Auftretens das Boshafte ihres Charakters, und man konnte ihr keine direkte Schlechtigkeit nachsagen. Die grauen Augen der alten Dame belebten sich, ein triumphierender Blick, von einem Lächeln begleitet, das sagte: »ich hatte es dir verheißen!« durchquerte den Saal und rief das Rot der Hoffnung auf den bleichen Wangen der jungen Frau hervor, die am Fuße des Kandelabers seufzte. Diese Verbindung zwischen Frau von Lansac und der Unbekannten konnte dem geübten Auge der Gräfin von Vaudremont nicht entgehen, und sie ahnte ein Geheimnis, das sie ergründen wollte.

In diesem Augenblick wandte sich der Baron de la Roche-Hugon, nachdem er alle alten Damen gefragt hatte, ohne den Namen der blauen Unbekannten zu erfahren, in voller Verzweiflung an die Gräfin von Gondreville, von der er jedoch eine wenig befriedigende Antwort erhielt:

»Diese Dame wurde mir von der ehemaligen Herzogin von Lansac vorgestellt.«

Als der Finanzsekretär sich ganz durch Zufall dem Lehnstuhl der alten Dame zuwandte, überraschte ihn der Blick der Verständigung, den sie der blauen Dame zuwarf, und obgleich er seit einiger Zeit ziemlich schlecht mit der ehemaligen Herzogin stand, entschloß er sich doch, sie anzusprechen. Sie sah den Baron eifrig um ihren Stuhl herumschleichen, lachte mit hämischem Spott und betrachtete dann Frau von Vaudremont mit einem Ausdruck, der wiederum den Obristen Montcornet lachen machte.

›Wenn die alte Hexe ein freundliches Gesicht macht, wird sie mir sicherlich einen schlechten Streich spielen,‹ dachte der Baron. »Gnädige Frau,« wandte er sich an sie, »man hat mir gesagt, Sie bewachten einen kostbaren Schatz.«

»Halten Sie mich für einen Drachen?« fragte die alte Dame. »Doch von wem sprechen Sie?« fügte sie dann mit süßer Stimme hinzu, die Martial wieder Hoffnung machte.

»Von jener kleinen unbekannten Dame, die die Eifersucht all dieser Koketten dort hinten hin verbannt hat. Sie kennen sicher ihre Familie.«

»Ja,« sagte die Herzogin, »doch was wollen Sie von einer Erbin aus der Provinz, die seit kurzer Zeit verheiratet ist; ein Mädchen aus guter Familie, die man hier nicht kennt, sie geht nirgends hin.«

»Warum tanzt sie nicht? Sie ist so schön! – Wollen wir Frieden miteinander schließen? Wenn Sie die Güte haben, mich über alles zu unterrichten, was mich interessiert, so gebe ich Ihnen mein Ehrenwort, daß ein Gesuch um Wiedererstattung der Wälder von Navarreins beim Kaiser aufs wärmste unterstützt werden soll.«

Die jüngere Linie des Hauses Navarreins (mit dem Wappen von Lansac: Balken mit Silberecken in blauem Felde, von sechs ebenfalls silbernen Fahnenstangen eingerahmt), und die Liaison der alten Dame mit Ludwig XV. hatten ihr den Titel einer Herzogin eingebracht; und da die Navarreins noch nicht heimgekehrt waren, schlug ihr der Finanzsekretär ganz einfach eine Gemeinheit vor, als er sie mit der Rückforderung eines Besitztums köderte, das der älteren Linie gehörte.

»Mein Herr,« antwortete die alte Dame mit trügerischem Ernst, »bringen Sie mir Frau von Vaudremont. Ich verspreche Ihnen, ihr das Geheimnis zu enthüllen, das unsere Unbekannte so interessant macht. Sehen Sie nur, alle Herren auf dem Ball hier sind genau ebenso neugierig wie Sie selbst. Unwillkürlich blicken alle Augen nach dem Kandelaber, an dem sich mein Schützling ganz bescheiden hingesetzt hat; sie sammelt all die Huldigungen ein, um die man sie hat bringen wollen. Glücklich der, den sie sich zum Tänzer wählen wird!«

Hier hielt sie inne, heftete ihre Blicke auf die Gräfin von Vaudremont und gab ihr damit zu verstehen: »Wir sprechen von Ihnen!« Dann fuhr sie fort: »Ich denke mir, Sie hören den Namen der Unbekannten lieber aus dem Munde Ihrer schönen Gräfin als aus dem meinen.«

Die Haltung der Herzogin war so herausfordernd, daß sich Frau von Vaudremont erhob, zu ihr begab und auf dem Stuhl Platz nahm, den Martial ihr anbot. Ohne den Baron zu beachten, sagte sie lachend zu der alten Dame:

»Ich habe erraten, gnädige Frau, daß von mir die Rede war; aber ich muß meine Dummheit schon eingestehen, ich weiß nicht, ob Sie gut oder schlecht von mir sprechen.«

Mit ihrer dürren runzligen Hand drückte Frau von Lansac die hübsche Hand der jungen Frau und sagte leise in mitleidigem Ton zu ihr:

»Arme Kleine.«

Die beiden Frauen blickten einander an. Frau von Vaudremont begriff, daß Martial überflüssig war, und verabschiedete ihn, indem sie ihm in gebieterischem Tone sagte:

»Lassen Sie uns allein!«

Der junge Sekretär, wenig glücklich darüber, die Gräfin in dem Banne der gefährlichen Sibylle zu sehen, die sie zu sich herangezogen halte, warf ihr einen jener Blicke zu, die über ein verblendetes Herz Gewalt haben, die jedoch lächerlich wirken, sobald eine Frau den Geliebten mit kritischen Augen zu betrachten beginnt.

»Sind Sie so eingebildet, daß Sie sogar den Kaiser kopieren?« fragte Frau von Vaudremont und wandte ihren Kopf dreiviertel zur Seite, um den Finanzsekretär mit höhnischer Miene anzusehen.

Martial besaß zu viel gesellschaftliche Gewandtheit, zu viel Scharfsinn und Berechnung, als daß er sich der Gefahr ausgesetzt hätte, es mit einer Frau zu verderben, die am Hofe so gut angeschrieben war und die der Kaiser verheiraten wollte. Er rechnete zudem noch auf die Eifersucht, die er in ihr zu entfachen gedachte, als auf das beste Mittel, um die geheime Ursache ihrer Kälte zu ergründen, und entfernte sich um so lieber, als gerade in diesem Augenblick ein neuer Tanz alles wieder in Bewegung setzte. Der Baron schien den Tanzenden Platz machen zu wollen: er lehnte sich gegen eine Marmorkonsole, kreuzte die Arme über der Brust und war ganz in das Gespräch der beiden Damen vertieft. Von Zeit zu Zeit folgte er den Blicken, die beide wiederholt auf die Unbekannte warfen. Während der Baron die Gräfin mit dieser neuen Schönheit verglich, die ein Geheimnis so anziehend machte, verfiel er in eine häßliche Berechnung, die bei den Günstlingen der Frauen häufig ist: er schwankte zwischen einem Vermögen, das er erraffen, und einer Laune, die er befriedigen wollte. Der Glanz der Lichter hob sein sorgenvolles und düsteres Gesicht von den weißen Moirévorhängen, die sein dunkles Haar streiften, so gut ab, daß er wie ein böser Dämon aussah.

Die rechte Schulter leicht gegen die Türfüllung zwischen Tanz- und Spielsaal gelehnt, konnte der Obrist unbemerkt unter seinem dicken Schnurrbart lachen; er genoß das Vergnügen, das Gewoge des Balles zu beobachten; er sah hundert hübsche Köpfe sich nach den Launen des Tanzes wiegen, er las auf einigen Gesichtern, wie auf denen der Gräfin und seines Freundes Martial, das Geheimnis ihrer Erregung und fragte sich, den Kopf wendend, was wohl für eine Beziehung bestehen möge zwischen dem düsteren Ausdruck des Grafen von Soulanges, der immer noch in seinem Lehnstuhl saß, und den traurigen Zügen der Unbekannten, auf deren Antlitz abwechselnd Hoffnung und Angst sichtbar wurde. Montcornet stand da wie der König des Festes; er sah in diesem lebenden Bilde ein Spiegelbild der Welt, und er lachte darüber, während er das interessierte Lächeln von hundert strahlenden und geschmückten Frauen einsammelte. Ein Obrist der kaiserlichen Garde, ein Posten, der den Grad eines Brigadegenerals in sich schloß, war sicherlich eine der besten Partien der Armee. – Es war gegen Mitternacht; Unterhaltung, Spiel, Tanz, Koketterie, Interessen, Bosheit und Intrigen, alles hatte jenen Grad von Erhitzung erreicht, der einem jungen Manne den Ausruf entlockt: »Welch ein schöner Ball!«

»Mein liebes Herz,« sagte Frau von Lansac zur Gräfin, »Sie sind in einem Alter, in dem ich viele Fehler begangen habe. Als ich Sie eben tausend Tode habe erleiden sehen, kam mir der Gedanke, Ihnen ein paar wohltuende Ratschläge zu geben. Wenn man mit zweiundzwanzig Jahren Fehler macht, bedeutet das nicht, seine Zukunft zerstören, das Kleid zerreißen, das man anziehen will? Meine Liebe, wir lernen erst sehr spät, es anzuziehen, ohne es zu zerdrücken. Wenn Sie fortfahren, sich geschickte Feinde und ungeschickte Freunde zu machen, werden Sie sehen, was für ein Leben Sie eines Tages führen müssen.«

»Ach, gnädige Frau, eine Frau hat es nicht leicht, glücklich zu sein, nicht wahr?« rief die Gräfin naiv aus.

»Mein Kind, in Ihrem Alter muß man zwischen dem Vergnügen und dem Glück wählen. Sie wollen Martial heiraten, der für einen guten Ehemann nicht dumm genug und für einen Liebhaber nicht leidenschaftlich genug ist. Er hat Schulden. Er ist imstande, Ihr Vermögen durchzubringen. Doch das wäre noch nichts, wenn er Sie wenigstens glücklich machte. Sehen Sie nicht, wie alt er aussieht? Dieser Mensch muß oft krank gewesen sein; er verbraucht seine letzten Kräfte. In drei Jahren ist er erledigt. Als Ehrgeiziger hat er angefangen, vielleicht bringt er es noch zu etwas; ich glaube es aber nicht. Was ist er denn? Ein Intrigant, der einen ausgezeichneten Geschäftssinn und die Gabe hat, angenehm zu plaudern. Aber er ist zu abenteuerlich, um wahre Verdienste zu besitzen; er wird es nicht weit bringen. Und dann, schauen Sie ihn doch an: liest man nicht auf seiner Stirn, daß er im Augenblick nicht die schöne junge Frau in Ihnen sieht, sondern die Besitzerin von zwei Millionen? Er liebt Sie nicht, meine Liebe, er berechnet Sie, als handelte es sich um ein Geschäft. Wenn Sie sich verheiraten wollen, nehmen Sie einen älteren angesehenen Mann, der sich schon auf der Mitte seines Weges befindet. Eine Witwe darf aus ihrer Heirat keine Liebesgeschichte machen. Geht eine Maus zweimal in die gleiche Falle? Jetzt muß ein neuer Ehekontrakt eine Spekulation für Sie sein; und wenn Sie sich wieder verheiraten, müssen Sie wenigstens die Aussicht haben, daß man Sie eines Tages Frau Marschall nennt. – Wollen Sie jedoch die

schwere Rolle einer Koketten spielen und nicht wieder heiraten,«
fuhr die ehemalige Herzogin, gutmütig fort, »so verstehen Sie es,
meine arme Kleine, besser als jede andere, Gewitterwolken aufzu-
türmen und wieder zu verteilen. Aber ich beschwöre Sie, machen
Sie sich nie ein Vergnügen daraus, den ehelichen Frieden zu stören,
Familien und glücklich verheiratete Frauen unglücklich zu machen.
Ich habe einst auch diese gefährliche Rolle gespielt. Mein Gott, für
den Triumph der Eigenliebe richtet man oft arme tugendhafte Ge-
schöpfe zugrunde. – Denn es gibt wirklich tugendhafte Frauen –
und man zieht sich tödlichen Haß zu. Etwas zu spät habe ich, nach
dem Ausspruch des Herzogs von Alba, erfahren, daß ein Lachs
besser ist als tausend Frösche. Eine wirkliche Liebe verschafft tau-
sendmal mehr Freuden als die flüchtigen Leidenschaften, die man
entfacht. Ja, ich bin hierhergekommen, um Ihnen eine Predigt zu
halten. Sie sind der Grund, daß ich heute in diesem Salon erschienen bin, in dem es nach Plebs riecht. Habe ich nicht sogar Schau-
spieler hier gesehen? In seinem Boudoir empfing man sie wohl frü-
her; aber im Salon, pfui! Warum sehen Sie mich so erstaunt an? – –
Hören Sie,« fuhr die alte Dame fort, »wenn Sie die Männer zum
besten haben wollen, betören Sie nur die Herzen derjenigen, deren
Leben noch nicht fest gegründet ist, die noch keine Pflichten zu
erfüllen haben; die andern verzeihen uns die Verirrungen nicht, die
sie glücklich gemacht haben. Lernen Sie von diesem Grundsatz, den
ich meinen alten Erfahrungen verdanke. Der arme Soulanges z.B.,
dem Sie den Kopf verdreht haben und den Sie seit fünfviertel Jahren, Gott weiß wie, betören! Wissen Sie auch, daß Ihre Anschläge
auf sein ganzes Leben Einfluß haben? Seit zweieinhalb Jahren ist er
verheiratet, wird von einem entzückenden Geschöpf vergöttert, das
er liebt und das er betrügt. Sie lebt unter Tränen und in der bittersten Einsamkeit. Soulanges hat Gewissensbisse gehabt, die grausa-
mer waren als seine Freuden süß. Und Sie, kleiner Schlaukopf, haben ihn verraten. Kommen Sie, sehen Sie sich Ihr Werk an.« Die alte
Herzogin nahm Frau von Vaudremont bei der Hand und sie standen beide auf.

»Sehen Sie,« sagte Frau von Lansac und wies mit den Augen auf
die blasse, unter dem Glanz der Lichter zitternde Unbekannte, »das
dort ist meine Großnichte, die Gräfin von Soulanges. Endlich hat sie
meinem Drängen heute nachgegeben und hat ihr Schmerzenszim-

mer verlassen, wo ihr der Anblick ihres Kindes nur schwachen Trost gewährt. Sehen Sie sie? Sie finden sie gewiß entzückend! Sagen Sie selbst, wie sehr sie es gewesen sein muß, als Glück und Liebe ihren Glanz über ihr jetzt so bleiches Gesicht breiteten.«

Die Gräfin wandte schweigend den Kopf und schien in ernstes Nachdenken versunken. Die Herzogin führte sie weiter bis zum Spielsaal; und nachdem sie hineingeschaut hatte, als suche sie jemand, sagte sie mit tiefer Stimme:

»Und dort ist Soulanges.«

Die Gräfin schauerte zusammen, als sie in der dunkelsten Ecke des Saales das blasse und verzerrte Gesicht Soulanges' im Lehnstuhl erblickte. Die Kraftlosigkeit seiner Glieder und die Unbeweglichkeit seiner Stirn offenbarten seinen ganzen Schmerz. Die Spieler kamen und gingen an ihm vorüber, ohne ihm mehr Aufmerksamkeit zu schenken als einem Toten. Das Bild der jungen Frau in Tränen und des düsteren und finsteren Gatten, die inmitten dieses Festes wie die zwei Hälften eines vom Blitze gespaltenen Baumes voneinander getrennt waren, besaß für die Gräfin vielleicht etwas Prophetisches. Sie fürchtete darin ein Bild der Vergeltung zu sehen, das die Zukunft für sie bereit hielt. Ihr Herz war noch nicht so verhärtet, daß ihm Gefühl und Nachsicht gänzlich fehlten, und sie drückte der Herzogin die Hand, indem sie mit einem Lächeln, in welchem eine gewisse kindliche Anmut lag, dankte.

»Mein liebes Kind,« flüsterte ihr die alte Dame ins Ohr, »denken Sie von nun an daran, daß wir es ebensogut verstehen, die Huldigungen der Männer zurückzuweisen wie sie anzulocken.-'

– – »Sie gehört Ihnen, wenn Sie kein Dummkopf sind!«

Diese letzteren Worte wurden von Frau von Lansac dem Obrist Montcornet zugeflüstert, während sich die schöne Gräfin ganz dem Mitgefühl hingab, das ihr der Anblick Soulanges' eingeflößt hatte. Denn sie liebte ihn noch aufrichtig genug, um ihn wieder glücklich wissen zu wollen, und sie nahm sich im Innern vor, die unwiderstehliche Macht, die ihre Verführungskünste noch auf ihn ausübten, aufzubieten, um ihn seiner Frau zurückzugeben.

»Oh, wie werde ich ihm predigen!« sagte sie zu Frau von Lansac.

»Tun Sie das nicht, meine Liebe!« rief die Herzogin aus und setzte sich dabei wieder auf ihren Sessel. »Suchen Sie sich einen guten Gatten und verschließen Sie meinem Neffen Ihr Haus. Bieten Sie ihm auch nicht einmal Ihre Freundschaft an. Glauben Sie mir, mein Kind, eine Frau will nicht von einer anderen das Herz des Gatten zurückbekommen; sie ist hundertmal glücklicher, wenn sie glaubt, es selbst wiedererobert zu haben. Indem ich meine Nichte hierher führte, habe ich ihr, wie ich glaube, ein ausgezeichnetes Mittel an die Hand gegeben, die Liebe ihres Gatten wiederzugewinnen. Ich erbitte von Ihnen als Mitwirkung nur, daß Sie den General reizen.«

Und als ihr die Herzogin den Freund des Finanzsekretärs zeigte, lächelte die Gräfin. –

»Nun, gnädige Frau, wissen Sie jetzt endlich den Namen jener Unbekannten?« fragte der Baron die Gräfin etwas gereizt, als diese wieder allein war.

»Ja,« erwiderte Frau von Vaudremont und sah Martial dabei fest ins Auge.

Auf ihrem Gesicht lag ebensoviel Verschlagenheit wie Heiterkeit. Das Lächeln auf Lippen und Wangen, der feuchte Glanz ihrer Augen glichen den Irrlichtern, die den Wanderer verwirren.

Martial, der sich immer noch geliebt glaubte, nahm jene kokette Haltung ein, in der ein Mann sich so gern der Geliebten gegenüber präsentiert, und sagte mit Selbstzufriedenheit:

»Und werden Sie mir nicht zürnen, wenn mir sehr viel daran liegt, diesen Namen zu wissen?«

»Und werden Sie mir nicht zürnen,« erwiderte Frau von Vaudremont, »wenn ich Ihnen denselben aus einem letzten Rest von Liebe nicht sage, und wenn ich Ihnen verbiete, dieser jungen Dame das geringste Entgegenkommen zu zeigen? Sie setzen vielleicht Ihr Leben aufs Spiel.«

»Gnädige Frau, heißt Ihre Gunst verlieren nicht mehr verlieren als das Leben?«

»Martial,« sagte die Gräfin streng, »es ist Frau von Soulanges. Ihr Gatte jagt Ihnen eine Kugel ins Gehirn, wenn Sie eines haben.«

»Oh, oh,« rief der junge Fant lachend aus, »der Obrist sollte denjenigen in Frieden lassen, der ihm Ihr Herz geraubt hat, und sich um seiner Frau willen schlagen? Was für eine Umkehrung der Grundsätze! Ich bitte Sie, erlauben Sie mir, mit der kleinen Dame zu tanzen. Auf diese Weise können Sie einen Beweis dafür bekommen, wie wenig Liebe dieses kalte Herz für Sie birgt; denn wenn es der Obrist unrecht findet, daß ich mit seiner Frau tanze, nachdem er gelitten hat, daß ich Sie – – –«

»Aber sie ist verheiratet!«

»Ein Hindernis mehr, das zu überwinden mir Vergnügen macht.«

»Aber sie liebt ihren Gatten.«

»Ein amüsanter Einwurf.«

»Ach,« sagte die Gräfin mit bitterem Lächeln, »ihr straft uns ebensosehr um unserer Fehler wie um unserer Reue willen.«

»Seien Sie mir nicht böse,« sagte Martial lebhaft, »oh, ich beschwöre Sie, verzeihen Sie mir. Sehen Sie, jetzt denke ich schon nicht mehr an Frau von Soulanges.«

»Sie verdienten wohl, daß ich Sie zu ihr hinschickte.«

»Gut, ich gehe!« sagte der Baron lachend, »und kehre verliebter in Sie als je zurück. Sie werden sehen, daß die hübscheste Frau der Welt sich nicht eines Herzens bemächtigen kann, das Ihnen gehört.«

»Das heißt so viel, als daß Sie das Pferd des Obristen gewinnen wollen.«

»Oh, der Verräter!« antwortete er lachend und drohte seinem Freund, der lächelte, mit dem Finger.

Der Obrist kam heran, der Baron überließ ihm den Platz neben der Gräfin, zu der er in herausforderndem Tone sagte:

»Und hier, gnädige Frau, ist ein Mann, der sich gebrüstet hat, an einem Abend Ihre Gunst erringen zu können!«

Er war, als er fortging, stolz darauf, daß er sowohl die Eigenliebe der Gräfin gereizt wie auch Montcornet geschadet habe. Aber trotz seiner gewöhnlichen Schlauheit hatte er die Ironie nicht gemerkt, die in Frau von Vaudremonts Worten gelegen halte, und auch nicht, daß sie seinem Freunde ebensosehr entgegenkam, wie sein Freund ihr, ohne daß sie es beide gewahr wurden. In dem Augenblick, als sich der Finanzsekretär dem Kandelaber tänzelnd näherte, unter dem die Gräfin von Soulanges blaß und furchtsam saß, nur in den Augen Leben verratend, trat ihr Gatte mit leidenschaftlich glühenden Augen in die Tür des Saales. Die alte Herzogin, die alles bemerkte, stürzte auf ihren Neffen zu, bat ihn um seinen Arm und um ihren Wagen, um nach Hause zu fahren. Sie gab vor, sich tödlich zu langweilen, und hoffte, auf diese Weise einen peinlichen Auftritt zu verhindern. Ehe sie den Saal verließ, machte sie ihrer Nichte ein besonderes Zeichen des Einverständnisses und wies auf den Kavalier, der gerade im Begriff war, sie anzusprechen. Dieses Zeichen schien zu sagen: »Da ist er, räche dich!« Frau von Vaudremont hatte den Blick zwischen Tante und Nichte aufgefangen; ein Licht ging plötzlich in ihrer Seele auf. Sie fürchtete, von dieser alten Dame, die so klug war und in Ränken so bewandert, genarrt worden zu sein.

›Diese durchtriebene Herzogin‹, sagte sie sich, ›hat sich vielleicht ein Vergnügen daraus gemacht, mir Moral zu predigen, während sie mir auf ihre Weise einen bösen Streich spielt.‹

Bei diesem Gedanken war Frau von Vaudremonts Eigenliebe vielleicht noch mehr beteiligt als ihre Neugier, das Durcheinander dieser Intrige entwirrt zu sehen. Die innere Erregung, die sich ihrer bemächtigt hatte, ließ sie fast die Fassung verlieren. Der Obrist, der sich die Befangenheit in Reden und Benehmen der Gräfin zu seinen Gunsten auslegte, wurde nur noch eifriger und dringlicher. Die alten blasierten Diplomaten, die sich damit unterhielten, das Spiel der Physiognomien zu studieren, hatten noch nie so viele Intrigen zu beobachten und zu enträtseln gehabt. Die Leidenschaft, die diese beiden Paare erregte, vervielfältigte sich bei jedem Schritt in diesen Sälen, indem sie sich auf den verschiedenen Gesichtern in den verschiedensten Spielarten zeigte. Das Schauspiel so vieler lebhafter Leidenschaft, all diese Liebeskämpfe, soviel süße Vergeltung und grausame Gunst, all diese flammenden Blicke, all dieses brennende Leben, das um sie her flutete, ließ sie ihre eigene Unfähigkeit nur um so lebhafter empfinden.

Endlich hatte der Baron neben der Gräfin von Soulanges Platz nehmen können. Seine Augen glitten verstohlen über einen taufrischen Hals, der wie nach Wiesenblumen duftete. Er bewunderte in der Nähe die Schönheiten, die er schon von ferne angestaunt hatte. Er konnte sich an dem Anblick eines schön beschuhten Fußes freuen, konnte eine schlanke, anmutige Gestalt mit den Augen messen. In jener Zeit trugen die Frauen ihre Kleider direkt unter der Brust gegürtet, frei nach den griechischen Statuen; eine erbarmungslose Mode für Frauen, deren Wuchs nicht ganz einwandfrei war. Während Martial einen verstohlenen Blick auf diesen Busen warf, war er von der Vollkommenheit der Formen der Gräfin ganz hingerissen.

»Gnädige Frau, Sie haben heute abend nicht ein einziges Mal getanzt!« sagte er mit süßer und schmeichlerischer Stimme; »ich nehme an, daß es nicht die Schuld der Tänzer ist?«

»Ich besuche nie Gesellschaften und bin unbekannt hier,« antwortete Frau von Soulanges kühl. Sie hatte den Blick ihrer Tante, der sie aufforderte, mit dem Baron schönzutun, nicht verstanden. Da ließ Martial den schönen Diamanten, der seine linke Hand schmückte, absichtlich spielen. Das Feuer, das von dem Stein ausging, schien ein plötzliches Licht in der Seele der jungen Gräfin zu entzünden; sie errötete und sah den Baron mit einem unergründlichen Ausdruck an.

»Tanzen Sie gern?« fragte der Provenzale und versuchte, die Unterhaltung wieder anzuknüpfen. »O ja, sehr gern!«

Bei dieser unerwarteten Antwort trafen sich ihre Blicke. Der junge Mann, überrascht durch den energischen Ton, der eine vage Hoffnung in seinem Herzen erweckte, sah sofort fragend in die Augen der jungen Frau.

»Gnädige Frau, ist es nicht allzu kühn, wenn ich Sie bitte, beim nächsten Tanz Ihr Partner sein zu dürfen?«

Eine kindliche Verwirrung ließ die bleichen Wangen der Gräfin erröten.

»Aber ich habe schon einen andern Herrn, einen General, abgewiesen.«

»War es dieser große Kavallerie-Obrist, den Sie dort unten sehen?«

»Ja, eben derselbe.«

»Oh, das ist mein Freund, befürchten Sie nichts! Gewähren Sie mir die Gunst, auf die ich zu hoffen wage?«

»Ja, gern!«

Diese Stimme rief eine so neue und tiefe Erregung in ihm hervor, daß sein blasiertes Herz ganz erschüttert wurde. Ihn überkam eine kindliche Scheu, er verlor seine Sicherheit, sein südliches Blut erhitzte sich; er wollte sprechen, seine Worte erschienen ihm banal im Vergleich zu den feinen und geistreichen Antworten der Gräfin von Soulanges. Es war daher ein Glück für ihn, daß der Tanz begann. Als er neben seiner schönen Tänzerin stand, fühlte er sich erleichtert. Für viele Männer ist der Tanz eine Art, sich zu geben; sie glauben, wenn sie die Anmut ihres Körpers entfalten, viel stärker auf die Herzen der Frauen zu wirken, als durch ihren Geist. Der Provenzale wollte in diesem Augenblick gewiß alle seine Verführungskünste spielen lassen, nach der Anmaßung seiner Bewegungen und Gesten zu schließen. Er hatte seine Beute in die Quadrille geführt, in der die schönsten Frauen des Festes es sich in den Kopf gesetzt hatten, besser zu tanzen als alle übrigen. Als das Orchester das Vorspiel für die erste Figur anstimmte, empfand der Baron eine unbeschreibliche Befriedigung seines Ehrgeizes; denn als er die Tänzerinnen, die in diesem gefürchteten Karree standen, betrachtete, bemerkte er, daß die Toilette der Frau von Soulanges selbst diejenige der Frau von Vaudremont ausstach, die – vielleicht absichtlich – mit dem Obristen dem Baron und der blauen Dame gegenüberstand. Die Blicke aller hefteten sich einen Augenblick auf Frau von Soulanges; ein schmeichelhaftes Geflüster ließ erkennen, daß sie der Gegenstand der Unterhaltung zwischen jedem Tänzer und seiner Dame war. Die junge Frau war so vielen neidischen und bewundernden Blicken ausgesetzt, daß sie – verwirrt über einen Triumph, dem sie sich hatte entziehen wollen – bescheiden die Augen senkte, errötete und dadurch nur noch entzückender wurde. Wenn sie ihre bleichen Augenlider aufschlug, war es nur, um ihren berauschten Tänzer anzusehen, wie um ihm den Ruhm dieser Huldigungen zurückzugeben, ihm zu sagen, daß sie die seinen allen anderen vorziehe. Sie legte Unschuld in ihre Koketterie, oder vielmehr, sie schien sich der naiven Bewunderung hinzugeben, mit der die Liebe junger Herzen vertrauensvoll beginnt. Als sie tanzte, konnten die Zuschauer leicht glauben, sie entfalte ihre Reize nur für Martial; und obgleich sie zurückhaltend war und ein Neuling in den Gewohnheiten des Salons, verstand sie es doch, wie die gescheiteste Kokette, zur rechten Zeit die Augen auf ihn zu richten, um sie mit geheuchelter Bescheidenheit wieder zu senken. Als bei den neuen Touren der vom Tänzer Trenis erfundenen und nach ihm benannten Quadrille Martial einmal dem Obrist allein gegenüberstand, sagte er lächelnd zu ihm:

»Ich habe dein Pferd gewonnen.«

»Ja, aber du hast 40 000 Franken Rente verloren,« erwiderte der Obrist und zeigte auf Frau von Vaudremont.

»Ach, was macht mir das! Frau von Soulanges ist Millionen wert.«

Am Schlüsse dieses Tanzes klang an allen Ohren Geflüster. Die wenigst schönen Frauen entrüsteten sich vor ihren Tänzern über das entstehende Verhältnis zwischen Martial und der Gräfin von Soulanges. Die schönsten waren über eine solche Leichtfertigkeit erstaunt. Die Männer begriffen das Glück des jungen Sekretärs, an dem sie nichts Verführerisches fanden, nicht. Einige nachsichtige Frauen meinten, man dürfe die Gräfin nicht zu übereilt beurteilen: die Jugend wäre recht unglücklich daran, wenn ein beredter Blick oder ein anmutig ausgeführter Pas schon genügen sollte, eine Frau zu kompromittieren. Nur Martial war sich der ganzen Tragweite seines Glückes bewußt. Als beim letzten Moulinet der Damen seine Finger diejenigen der Gräfin drückten, glaubte er durch das feine und parfümierte Leder der Handschuhe hindurch zu fühlen, wie die Finger der jungen Frau seinen warmen Druck erwiderten.

»Gnädige Frau«, sagte er zu ihr, als der Tanz zu Ende war, »kehren Sie nicht in jene abscheuliche Ecke zurück, in der Sie bisher Ihr Gesicht und Ihre Toilette vergraben haben. Ist Bewunderung das einzige, was Ihnen die Diamanten, die Ihren so weißen Hals und Ihre so schön geschlungenen Haare schmücken, einbringen? Kommen Sie ein wenig durch die Säle, damit Sie das Fest und sich selber genießen.«

Frau von Soulanges folgte ihrem Verführer, der glaubte, daß sie ihm um so sicherer gehören würde, wenn er sie erst kompromittiert hätte. So gingen sie beide mehrmals durch die Gruppen, die die Säle des Hauses füllten. Die Gräfin von Soulanges blieb jedesmal, ehe sie in einen neuen Saal trat, ängstlich einen Augenblick stehen und ging erst dann hindurch, wenn sie mit vorgestrecktem Hals einen Blick auf alle anwesenden Herren geworfen hatte. Diese Furcht, die die Freude des kleinen Barons nur erhöhte, schien sich immer erst zu legen, wenn er seiner zitternden Gefährtin gesagt hatte: »Seien Sie unbesorgt, er ist nicht da.« So kamen sie in eine riesige Bildergalerie, die in einem Seitenflügel des Hauses lag, und wo man sich schon im voraus an den Anblick eines für 300 Personen angerichteten Büfetts laben konnte. Da das Essen beginnen sollte, zog Martial die Gräfin in ein ovales Boudoir, das nachdem Garten zu lag, und in welchem die seltensten Blumen und Gewächse eine duftende Laube unter prunkvollen blauen Vorhängen bildeten. Das Geräusch des Festes erstarb hier. – Die Gräfin zitterte beim Eintreten und weigerte sich hartnäckig, dem jungen Manne zu folgen. Als sie jedoch in einen Spiegel schaute und dort Zeugen erblickte, setzte sie sich ziemlich beruhigt auf eine Ottomane.

»Dieses Zimmer ist entzückend,« sagte sie und bewunderte einen hellblauen Vorhang, der mit Perlenschnüren gehalten wurde.

»Alles atmet hier Liebe und Wollust!« sagte der junge Mann tief ergriffen.

Bei dem magischen Licht, das hier herrschte, betrachtete er die Gräfin und entdeckte in ihrem sanft bewegten Gesicht einen Ausdruck von Verwirrung, Scham und Verlangen, der ihn ganz entzückte. Die junge Frau lächelte, und dieses Lächeln schien dem Kampf der Gefühle in ihrem Herzen ein Ende zu setzen. Sie ergriff auf die bezauberndste Weise die linke Hand ihres Verehrers und zog ihm den Ring vom Finger, auf den ihre Augen sich geheftet halten.

»Der schöne Diamant!« rief sie mit dem kindlichen Ausdruck eines jungen Mädchens aus, das den Reiz einer ersten Versuchung empfindet. Martial war von der unbeabsichtigten und doch so betörenden Liebkosung der Gräfin, mit der sie ihm den Ring vom Finger zog, ganz benommen; er blickte sie mit Augen an, die ebenso funkelten, wie der Diamant.

»Tragen Sie ihn, zur Erinnerung an diese himmlische Stunde und aus Liebe zu...«

Sie sah ihn so verzückt an, daß er den Satz nicht beendete, sondern ihr die Hand küßte.

»Sie geben ihn mir?« fragte sie und sah erstaunt aus.

»Ich würde Ihnen gern die ganze Welt zu Füßen legen.«

»Sie scherzen wirklich nicht?« fuhr sie fort mit vor allzu lebhafter Befriedigung veränderter Stimme.

»Werden Sie nur meinen Diamanten annehmen?«

»Werden Sie ihn nie von mir zurückfordern?« fragte sie.

»Niemals!«

Sie steckte den Ring an ihren Finger. Martial, der schon auf ein nahes Glück rechnete, machte eine Bewegung, als wollte er der Gräfin seinen Arm um die Taille legen; sie aber erhob sich plötzlich und sagte mit klarer Stimme, ohne jede Erregung:

»Mein Herr, ich nehme diesen Diamanten mit um so geringerem Bedenken an, als er mir gehört.«

Der Finanzsekretär blieb sprachlos.

»Herr von Soulanges nahm ihn kürzlich von meinem Toilettentisch und sagte mir dann, er hätte ihn verloren.«

»Sie befinden sich in einem Irrtum, gnädige Frau,« sagte Martial gereizt, »ich erhielt diesen Ring von Frau von Vaudremont.«

»Ganz recht,« erwiderte sie lachend. »Mein Mann hat sich diesen Ring von mir entliehen, er hat ihn ihr gegeben, und sie hat ihn Ihnen geschenkt. Mein Ring hat eine Rundreise gemacht, das ist alles. Dieser Ring wird mir vielleicht alles das sagen, was ich noch nicht weiß, er wird mich das Geheimnis lehren, immer zu gefallen. Mein Herr,« fuhr sie dann fort, »hätte der Ring nicht mir gehört, ich wäre nicht so kühn gewesen, das können Sie mir glauben; denn eine junge Frau soll sich, so sagt man, bei Ihnen Gefahren aussetzen. Aber sehen Sie,« fügte sie hinzu und ließ eine Feder, die unter dem Stein verborgen war, aufspringen, »hier innen ist noch die Haarlocke von Herrn von Soulanges.«

Und damit entschlüpfte sie so schnell in die Säle, daß ein Versuch, sie einzuholen, vergeblich schien. Martial war ganz verdutzt. Seine Abenteuerlust war dahin.

Das Lachen der Frau von Soulanges hatte übrigens ein Echo in dem kleinen Gemach gefunden; der junge Fant erblickte zwischen zwei hohen Blumenkübeln den Obristen und Frau von Vaudremont, die aus vollem Herzen lachten.

»Willst du mein Pferd haben, um deiner Eroberung nachzujagen?« fragte der Obrist.

Nur der guten Miene, mit der der Baron die Neckereien der Frau von Vaudremont und des Generals Montcornet ertrug, verdankte er es, daß sie über diesen Abend Stillschweigen bewahrten, an dem ihr beiderseitiger Freund sein Schlachtroß gegen eine junge, reiche und schöne Frau eingetauscht hatte.

Während die Gräfin von Soulanges den Weg zurücklegte von der Chaussée d'Antin bis zum Faubourg Saint-Germain, wo sie wohnte, mußte ihre Seele die lebhaftesten Ängste durchmachen. Ehe sie das Hotel Gondreville verlassen hatte, war sie durch alle Säle geeilt, ohne ihre Tante oder ihren Gatten zu finden, die ohne sie fortgegangen waren. Schreckliche Ahnungen quälten ihr argloses Herz. Als Zeugin der Leiden, die ihr Mann seit dem Tage durchmachte, an dem Frau von Vaudremont ihn vor ihren Triumphwagen gespannt hatte, hoffte sie voll Vertrauen, daß eine baldige Reue ihr den Galten zurückbringen würde. Nur mit größtem Widerwillen hatte sie in den Plan ihrer Tante, der Frau von Lansac, eingewilligt, und jetzt fürchtete sie, ein Unrecht begangen zu haben. Dieser Abend hatte ihre reine Seele tief betrübt. Von der leidenden und düsteren Miene des Grafen von Soulanges erschreckt, wurde sie es noch mehr durch die Schönheit ihrer Nebenbuhlerin; und die Verderbtheit der Welt hatte ihr das Herz zugeschnürt. Als sie über den Pont Royal fuhr, warf sie die entweihte Haarlocke, die unter dem Diamanten gelegen hatte und die ihr einst als Pfand reiner Liebe gegeben worden war, aus dem Wagen. Sie weinte, als sie an all die Leiden dachte, die sie seit so langer Zeit hatte erdulden müssen; sie zitterte bei dem Gedanken, daß jede Frau, die den ehelichen Frieden erhalten will, gezwungen ist, tief in ihrem Herzen, und ohne zu klagen(?) Ängste auszustehen, ebenso grausam wie die ihren.

»Ach,« sagte sie zu sich, »wie machen es nur die Frauen, die nicht lieben? Wo nehmen sie ihre Nachsicht her? Ich kann nicht glauben, daß – wie die Tante sagt – die Vernunft genügt, um sie in solcher Ergebenheit in ihr Schicksal zu unterstützen.«

Sie seufzte noch, als ihr Kammerjäger den eleganten Wagenschlag herunterließ, von dem sie in die Vorhalle ihres Hauses trat. Sie eilte die Treppe hinauf, und als sie in ihr Schlafgemach kam, zitterte sie vor Schreck, da sie ihren Gatten am Kamin sitzen sah.

»Seit wann, meine Liebe, besuchen Sie Bälle ohne mich, und ohne es mir zu sagen?« fragte er mit seltsamer Stimme. »Sie müssen wissen, daß eine Frau ohne ihren Gatten immer deplaciert ist. Sie haben sich in Ihrer dunklen Ecke überaus kompromittiert.«

»Ach, mein lieber Léon,« sagte sie mit zärtlicher Stimme, »ich konnte der Freude nicht widerstehen, dich zu sehen, ohne daß du mich sahst. Meine Tante hat mich auf diesen Ball geführt, und ich bin sehr glücklich dort gewesen.«

Dieser Ton nahm dem Gesichtsausdruck des Grafen seine gekünstelte Strenge; hatte er sich doch eben erst, während er auf die Rückkehr seiner Frau wartete, die bittersten Vorwürfe gemacht: denn sie hatte auf dem Ball sicher von seiner Untreue erfahren, die er hoffte, ihr verbergen zu können; und nun wollte er versuchen, wie es Liebende zu tun pflegen, die sich einer Schuld bewußt sind, dem nur allzuberechtigten Zorn der Gräfin dadurch zu entgehen, daß er als erster sie mit Vorwürfen überhäufte. – Schweigend betrachtete er seine Gattin, die in ihrem kostbaren Staat noch schöner erschien als sonst. Die Gräfin, glücklich ihren Gatten lächeln zu sehen und ihn zu dieser Stunde in einem Zimmer zu treffen, in das er seit einiger Zeit weniger oft gekommen war, sah ihn so zärtlich an, daß sie errötete und die Augen niederschlug. Diese Milde berauschte Soulanges um so mehr, als sie auf die Qualen folgte, die er während des Balles hatte erdulden müssen. Er ergriff die Hand seiner Frau und küßte sie voll Dankbarkeit: ist in der Liebe nicht oft Dankbarkeit?

»Hortense, was hast du da am Finger, das meinen Lippen so weh getan hat?« fragte er lachend.

»Das ist mein Diamant, den du verloren zu haben meintest und den ich wiedergefunden habe!«

Der General Montcornet heiratete übrigens Frau von Vaudremont nicht, trotz des guten Einvernehmens, in dem beide eine Zeitlang lebten; denn sie wurde eines der Opfer jener schrecklichen Feuersbrunst auf dem berühmten Ball, den die österreichische Gesandtschaft zu Ehren der Vermählung des Kaisers Napoleon mit der Tochter des Kaisers Franz II. gab.

Über tredition

Eigenes Buch veröffentlichen

tredition wurde 2006 in Hamburg gegründet und hat seither mehrere tausend Buchtitel veröffentlicht. Autoren veröffentlichen in wenigen leichten Schritten gedruckte Bücher, e-Books und audio-Books. tredition hat das Ziel, die beste und fairste Veröffentlichungsmöglichkeit für Autoren zu bieten.

tredition wurde mit der Erkenntnis gegründet, dass nur etwa jedes 200. bei Verlagen eingereichte Manuskript veröffentlicht wird. Dabei hat jedes Buch seinen Markt, also seine Leser. tredition sorgt dafür, dass für jedes Buch die Leserschaft auch erreicht wird.

Im einzigartigen Literatur-Netzwerk von tredition bieten zahlreiche Literatur-Partner (das sind Lektoren, Übersetzer, Hörbuchsprecher und Illustratoren) ihre Dienstleistung an, um Manuskripte zu verbessern oder die Vielfalt zu erhöhen. Autoren vereinbaren direkt mit den Literatur-Partnern die Konditionen ihrer Zusammenarbeit und partizipieren gemeinsam am Erfolg des Buches.

Das gesamte Verlagsprogramm von tredition ist bei allen stationären Buchhandlungen und Online-Buchhändlern wie z. B. Amazon erhältlich. e-Books stehen bei den führenden Online-Portalen (z. B. iBookstore von Apple oder Kindle von Amazon) zum Verkauf.

Einfach leicht ein Buch veröffentlichen: **www.tredition.de**

Eigene Buchreihe oder eigenen Verlag gründen

Seit 2009 bietet tredition sein Verlagskonzept auch als sogenanntes "White-Label" an. Das bedeutet, dass andere Unternehmen, Institutionen und Personen risikofrei und unkompliziert selbst zum Herausgeber von Büchern und Buchreihen unter eigener Marke werden können. tredition übernimmt dabei das komplette Herstellungs- und Distributionsrisiko.

Zahlreiche Zeitschriften-, Zeitungs- und Buchverlage, Universitäten, Forschungseinrichtungen u.v.m. nutzen diese Dienstleistung von tredition, um unter eigener Marke ohne Risiko Bücher zu verlegen.

Alle Informationen im Internet: **www.tredition.de/fuer-verlage**

tredition wurde mit mehreren Innovationspreisen ausgezeichnet, u. a. mit dem Webfuture Award und dem Innovationspreis der Buch Digitale.

tredition ist Mitglied im Börsenverein des Deutschen Buchhandels.

Dieses Werk elektronisch lesen

Dieses Werk ist Teil der Gutenberg-DE Edition DVD. Diese enthält das komplette Archiv des Projekt Gutenberg-DE. Die DVD ist im Internet erhältlich auf **http://gutenbergshop.abc.de**

FSC
www.fsc.org
MIX
Papier | Fördert
gute Waldnutzung
FSC® C083411

Zeitfracht Medien GmbH
Ferdinand-Jühlke-Straße 7
99095 Erfurt, Deutschland
produktsicherheit@kolibri360.de